Goosebumps®

Goosebumps®

恐怖塔驚魂夜

A Night In Terror Tower

R.L. 史坦恩（R.L.STINE）◎著

均而◎譯

致台灣讀者

讀者們，請小心……

我是R·L·史坦恩，歡迎到「雞皮疙瘩」的可怕世界裡來。

你是否曾在深夜裡聽到過奇怪的嚎叫？你是否曾在黑暗中聽到腳步聲——卻根本看不到人？你是否見過神祕可怖的陰影，幽幽暗處有眼睛在窺視著你，或者身後有聲音叫你的名字？

如果是這樣，你應該了解那種奇特的發麻的感覺——那種給你一身雞皮疙瘩、被嚇呆的感覺。

在這些書裡，幽靈在閣樓上竊竊低語；膽顫心驚的孩子忽而隱形；稻草人活了，在田野裡走來走去；木偶和布娃娃也有生命，到處嚇人。

當然，這些都是磨礪心志的好玩的嚇人事。我希望你們感到害怕，同時也希望你們大笑。這都是想像出來的故事。當然，最可怕的地方在你們自己心裡。

過個害怕的一天吧！

R.L. Stine

出版緣起

人生從奇幻冒險開始

何飛鵬
城邦媒體集團首席執行長

我的八到十二歲是在《三劍客》、《基度山恩仇記》、《乞丐王子》中度過的。可是現在的小孩有更新奇的玩具、電玩、漫畫，以及迪士尼樂園等。

八到十二歲，正是孩子從字數極少、以圖畫為主的繪本閱讀，跨越到漸漸以文字閱讀為主的時期。也正是訓練孩子從圖像式思考，轉變成文字思考的重要階段。在這個階段，養成長期的文字閱讀習慣，能培養孩子敘事、分析、推理的邏輯思辨能力，奠定良好的寫作實力與數理學力基礎。

然而，現在的父母擔心，大環境造成了習於圖像、不擅思考、討厭文字的一代。什麼力量能讓孩子重回閱讀的懷抱呢？

全球銷售三億五千萬冊的「雞皮疙瘩」，正是為了滿足此一年齡層的孩子的需求而誕生的！

無論是校園怪奇傳說、墓地探險、鬼屋驚魂，或是與木乃伊、外星人、幽靈、吸血鬼、殭屍、怪物、精靈、傀儡相遇過招，這些孩子們的腦袋裡經常出現的角色或想像，經由作者的生花妙筆，營造出一個個讓孩子們縱橫馳騁的魔幻時空、光怪陸離的神奇異界，經歷各種危急險難，最終卻又能安全地化險爲夷。這樣的冒險犯難，無論男孩女孩，無不拍案稱奇、心怡神醉！

本系列作品被譯爲三十二種語言版本，並在全球數十個國家出版，創下了出版史上多項的輝煌紀錄，廣受世界各地孩子的喜愛。作者史坦恩表示，這套作品之所以成功，是因爲多年的兒童雜誌編輯工作，讓他對兒童心理和兒童閱讀需求有了深刻理解——他知道什麼能逗兒童發笑，什麼能使他們戰慄。

我們誠摯地希望臺灣的孩子也能和世界上其他的孩子一樣，有更豐富多元的閱讀選擇。更希望藉由這套融合驚險恐怖與滑稽幽默於一爐，情節緊湊又緊張的「雞皮疙瘩系列叢書」，重拾八到十二歲孩子的閱讀興趣，從而建立他們的閱讀習慣，擁有一個快樂學習的童年。

現在，我們一起繫好安全帶，放膽體驗前所未有的驚異奇航吧！

專文推薦

戰慄娛人的鬼故事

廖卓成
國立臺北教育大學語文與創作系兒童文學教授

這套書很適合愛看鬼故事的讀者。

文學的趣味不止一端，莞爾會心是趣味，熱鬧誇張是趣味，刺激驚悚也是趣味。有人擔心鬼故事助長迷信，其實古典小說中，也有志怪小說一類，《聊齋誌異》就有不少鬼故事。何況，這套書的作者開宗明義的說：「這都是想像出來的故事」，不必當眞。

既然恐怖電影可以看，看鬼故事似乎也無妨；考試的書讀久了，偶爾調劑一下，對頭腦卻是有益。當然，如果看鬼片會連續失眠，妨害日常生活，那就不宜勉強了。

雋永的文學作品，應該有深刻的內涵；但不少兒童文學作品說教有餘，趣味不足。只要有趣味，而且不是害人爲樂的惡趣，就是好的作品。鮑姆（Baum）在《綠野仙蹤》的序言裡，挑明了他寫書就是爲了娛樂讀者。

倒是內行的讀者，不妨考校一下自己的功力，留意這套書的敘事技巧，由主角「我」來講故事，有甚麼效果？書中衝突的設計與化解，是否意想不到又合情合理？能不能有不同的設計？會不會更好？這是另一種引人入勝之處。

導讀

結局只是另一場驚嚇的開始

耿一偉
臺北藝術節藝術總監
臺北藝術大學戲劇系兼任助理教授

不知道大家還記不記得，小時候玩遊戲，比如捉迷藏等，都會有一個人要當鬼。鬼在這個遊戲中很重要，沒有鬼來捉人，遊戲就不好玩。這些遊戲的關鍵特色，不是人要去消滅鬼，而是要去享受人被鬼追的刺激樂趣。所以當鬼捉到人後，不是遊戲就結束，而是下一個人要去當鬼。於是，當鬼反而是件苦差事，因為捉人沒有樂趣，恨不得趕快找人來替代。所以遊戲不能沒有鬼，不然這個遊戲就不好玩了。

在史坦恩的「雞皮疙瘩系列」中，這些鬼所扮演的角色也是類似遊戲中的鬼，給我帶來閱讀與想像的刺激。各位讀者如果留意一下，會發現在他的小說中，都有一個類似的現象，就是結局往往不是一個對抗式的終局，一種善惡誓不兩立，以消滅魔鬼為最終目標的故事——這比較是屬於成人恐怖片的模式，不是你死，就是人類全部變殭屍。但「雞皮疙瘩系列」中，你的雞皮疙瘩起來了，可是結尾的時候，鬼並不是死了，而是類似遊戲一樣，這些鬼換了另一種角色，而且有下一場遊戲又要繼續開始的感覺。

礙於閱讀的樂趣，我無法在此對故事結局說太多，但各位看完小說時，可以再回想我在這裡說的，就知道，「雞皮疙瘩系列」跟遊戲之間，的確有類似性。

換另一個角度來看，這些主角大多爲青少年，他們在生活中碰到的問題，如搬家面對新環境、男生女生的尷尬期、霸凌、友誼等，都在故事過程一一碰觸。

「雞皮疙瘩系列」令人愛不釋手的原因，也在於表面上好像主角是鬼，但讀到一半，你會感覺到，故事的重點不知不覺地從這些鬼怪轉移到那些被追的青少年身上，鬼可不可怕不是重點，重點是被追的過程中，一些青少年生活中的苦悶，也被突顯放大，甚至在故事中被解決了。所以你會在某種程度感受到，這本書的內容是在講你，在講你的生活，在講你的世界，鬼的出現，只是把這些青春期的事件給激化了。

另一個有趣的現象，是從日常生活轉入魔幻世界的關鍵點，往往發生在父母不在身邊，然後主角闖入不熟識空間的時候——比如《魔血》是主角暫住到姑婆

家、《吸血鬼的鬼氣》是闖入地下室的祕道、《我的新家是鬼屋》是新家的詭異房間……等等。

因爲誤闖這些空間，奇怪的靈異事件開始打斷平凡無趣的日常軌道，一段冒險展開了，一場你追我跑的遊戲開始進行，而父母們往往對此毫無所悉，不知道自己的兒女在故事結束時，已經有所變化，變得更負責任，更勇敢。

「雞皮疙瘩系列」的意義，也在這個地方。在平凡無奇充滿壓力的青春期校園生活中，有那麼多不快樂、有那麼多鬼怪現象在生活中困擾著我們，但這無法跟家長說，因爲他們不能理解，他們看不到我們看到的。但透過閱讀，透過想像力所引發的鬼捉人遊戲，這些不滿被發洩，這些被學校所壓抑的精力被釋放了。

幸好有這些鬼怪的陪伴，日子不再那麼無聊，世界可以靠自己的力量改變。

終究，在青少年的世界裡，鬼怪並不是那麼可怕，在史坦恩的小說中，也往往會有主角最後拯救了這些鬼怪的情形，彷彿他們不是惡鬼，而比較像誤闖人類世界的外星人……這也是青少年的焦慮，他們正準備降臨成人世界，這件事讓他們起了雞皮疙瘩!!

我做了個鬼臉。
I made a disgusted face.

1.

「我好害怕。」艾迪說。

我一邊發抖，一邊把外套拉鍊拉到最上面。

「艾迪，這可是你的主意欸，」我對弟弟說，「我又沒有哀求著要來恐怖塔，都是你做的好事。」

艾迪棕色的眼眸仰望著恐怖塔，一股強勁的風霎時吹亂他深棕色的頭髮。

「我突然有種奇怪的感覺，蘇，一種不祥的預感……」

我做了個鬼臉。「艾迪，你眞是個膽小鬼，我看你連去看電影都會有不祥的預感。」

「只有看恐怖電影才會啦！」他咕噥著。

「你已經十歲了，」我用尖銳的口吻說，「不應該再被自己的影子嚇到了，這只是一棟有著高塔的古堡而已。」

我一邊說，一邊做勢靠近高塔。「每天都有數以百計的遊客來這裡參觀。」

「但是以前他們曾在這裡折磨人……」艾迪的臉色突然變得非常蒼白。「以前曾經把人關在這裡，讓他們活活餓死。」

「那是幾百年前的事了，」我告訴他，「現在沒有人會被關在這裡受折磨，這裡只賣明信片。」

我們一起仰望著這座以灰色岩石建造、外觀隨著時間越來越黯淡的陰沉古堡。而古堡的兩座尖塔，就好像它兩支強壯的手臂一般，筆直的矗立在兩側。烏雲密佈，陰暗的塔頂庭院裡，彎曲的老樹在強風中劇烈搖晃。這一點也不像春天，空氣又濕又冷。

我感覺到一滴雨滴落在我的額頭，接著另一滴打在臉頰上。

眞是最典型的倫敦天氣，而且是最適合造訪這座知名的恐怖塔的完美日子。

今天可是我們來到英國的第一天，我和艾迪已經走訪倫敦的大街小巷。因爲

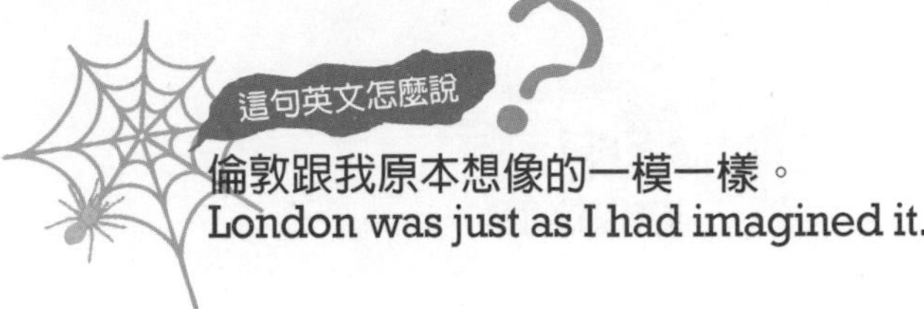

倫敦跟我原本想像的一模一樣。
London was just as I had imagined it.

爸媽得參加在我們下榻飯店所舉行的會議，他們幫我們登記參加一個市內旅行團，所以，我們就這樣到處逛啦。

我們參觀了大英博物館，逛了哈洛茲百貨公司，還造訪了西敏寺和特拉法加廣場。

中餐是在正統的英式ＰＵＢ吃的，菜色則是英式香腸和馬鈴薯泥。接著，我們搭乘當地的亮紅色雙層巴士，坐在頂層，展開一趟超棒的城市之旅。

倫敦跟我原本想像的一模一樣，又大又擁擠，狹窄街道旁的商店櫛比鱗次。路上則塞滿了黑色老爺計程車，人行道上擠滿來自世界各地的人。

不過我那膽小如鼠的老弟，對於只有姊弟倆要在全然陌生的都市裡到處遊玩這件事，感到非常緊張。所以，我還得隨時讓他的心情保持穩定。

因此，艾迪懇求參觀恐怖塔這件事，還真是完全出乎我的意料。

當時，史塔克斯先生——我們那位禿頭、滿臉通紅的導遊——叫我們在人行道上集合。這個旅行團大概有十二個人，只有我和艾迪是小孩子。

史塔克斯先生給我們兩個選擇：參觀另一間博物館，或是恐怖塔。

「恐怖塔！恐怖塔！」艾迪突然央求道，「我一定要看恐怖塔！」

於是我們坐了好一段時間的巴士，往倫敦市郊走。沿路商家越來越少，有的只是紅磚小屋。接著，途中的建築也越來越老舊，多半隱藏在彎折的老樹或爬滿藤蔓的矮牆後面。

直到巴士停妥，我們下了車，沿著以磚頭鋪成的窄路走。路面因爲年代久遠，磚頭被磨蝕得相當平滑。走到路的盡頭，眼前出現一道高牆，而陰森的恐怖塔就矗立在這道牆後。

「快點！蘇！」艾迪拉著我的衣袖。「我們會追不上其他人的。」

「他們會等我們的啦，」我跟弟弟說，「別擔心，艾迪，我們不會跟丟的。」

我們漫步在磚造的古道上，緩緩趕上其他遊客和導遊。史塔克斯先生一邊把他的黑色外套披上，一邊引領我們走向入口。

他停下腳步，指著雜草叢生的大庭院中一堆灰色的石頭。

「這些石頭是當時建造城堡所用的石材，」他解釋著，「這座城堡是古羅馬人在大約西元四百年建造的，倫敦當時是古羅馬帝國的城市之一。」

現在，早期建造的城牆只剩下一小部分，其他的都已經崩碎或倒塌。我眞不敢相信眼前的城牆已經超過一千五百歲了！

接下來，我們跟著史塔克斯先生穿過步道，來到古堡和恐怖塔。

「當初羅馬人是在這裡建造一個有城牆防禦的堡壘，羅馬人離開之後，這裡變成了監獄。幾百年來，在這些牆內所發生的殘酷拷問，由此開始。」

我急忙把放在外套口袋裡的迷你照相機拿出來，拍了張羅馬城牆的照片，再轉過身來對著城堡拍了幾張。這時天色更暗了，我只希望照片能夠洗的出來。

「這裡是倫敦第一座負債人監獄，」史塔克斯先生一邊引領我們，一邊解釋，「如果你太窮、繳不出帳單，就會被送進來，這也表示你『再也不用』繳帳單了，因爲你將永遠被關在這裡。」

我們經過一間小小的警衛室，它的大小跟一座電話亭差不多，是用白色岩石建造的，並有著斜屋頂式的造型。我想警衛室應該是空的吧，不料卻有一名穿著灰色制服的警衛走了出來，眞是嚇了我一大跳；而且他還緊緊背著一支來福槍。

我轉過身，盯著那面環繞在城堡外的黑牆。「快看，艾迪！」我小聲的說，

「在這裡你完全看不到牆外的城市呢，就好像我們眞的回到了過去。」

艾迪發著抖。

我不知道是因爲我說的話，還是吹過老庭院的強勁風勢讓他抖個不停。

城堡深長的影子映在走道上，史塔克斯先生帶著我們來到牆邊一個狹窄的入口，然後轉身面對著旅行團員。

刹那間，我看到史塔克斯先生臉上緊繃又帶著遺憾的表情，著實嚇了一跳。

「眞抱歉，我得宣布一個壞消息。」他一邊說，一邊慢慢的打量著我們。

「啊，壞消息？」艾迪輕聲說著，同時往我身邊靠。

「你們將被囚禁在北方的塔裡，」史塔克斯先生嚴正宣布道，「在那裡遭到嚴刑拷問，直到你們說出爲何選擇要來這裡。」

真抱歉，我得宣布一個壞消息。
I am sorry to give you this bad news.

2.

艾迪受到驚嚇，不禁大叫出聲；其他遊客則震驚得說不出話來，只能拚命喘著氣。

這時候，史塔克斯先生竟齜牙咧嘴、咯咯的笑了出來。「只是一個小小的恐怖塔玩笑，各位，」他滿臉笑容的說，「我總得找點樂子啊！」

大家一聽都笑了出來，只有艾迪看起來仍然一副驚魂未定的樣子。「這傢伙瘋了！」艾迪小聲咕噥道。

事實上，史塔克斯先生是個很稱職的導遊，他總是心情愉悅、樂於助人，而且似乎對倫敦的一切瞭若指掌。唯一麻煩的是，我始終無法適應他那口濃重的英國腔。

「如同你們現在所看到的，這座城堡是由好幾棟建築物所組成的，」史塔克斯先生的語調轉趨嚴肅的繼續解釋道：「那邊那棟長型的低矮建築物，是用來做爲軍隊的營房。」

然後他指向廣闊草地的另一邊，我趕忙對著那座老舊的軍營拍了張照，它看起來確實是長長的矮房舍。接著我轉過身，對著那個穿灰色制服、在小警衛室前面站崗的警衛也拍了張照。

這時我聽到身後傳來幾聲驚喘。我轉過身去，看到一個戴著大頭巾的男人正偷偷從入口處躡手躡腳的走到史塔克斯先生身後。他身穿一件古代的綠色緊身上衣，手上拿著一只巨大的戰斧。

劊子手！

他在史塔克斯先生身後舉起了戰斧。

「這裡有誰需要來一次快速剪髮？」史塔克斯先生不經意、頭也不回的問大家。「這位是古堡的理髮師。」

我們全被逗得笑了起來。這位身穿綠色劊子手道具服的先生很快的行了個

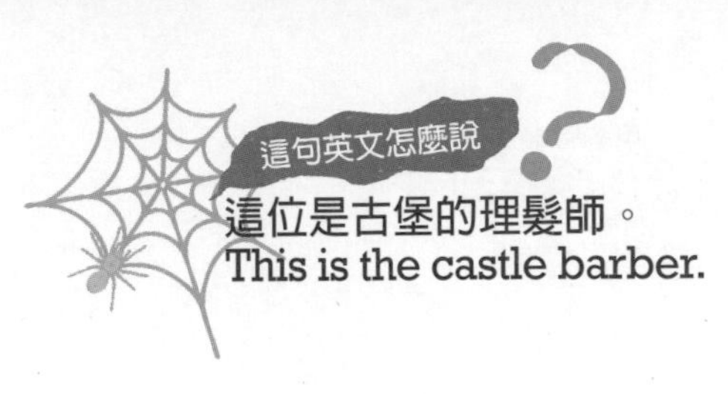

禮，悄悄退後，消失在建築物中。

「這滿有趣的！」艾迪小聲說。但是，我發現他和我靠得更近了。

「首先，我們要進入行刑室，」史塔克斯先生宣布道，並舉起一支有著長長旗身的紅色旗幟，「請各位跟好，我會高高舉起這支旗子，你們就更容易跟上了。城堡裡很容易迷路，因爲裡頭有好幾百個房間和祕密通道……」

「哇──酷！」我興奮的大叫。

艾迪一臉疑惑的盯著我看。

「你該不會害怕到連行刑室都不敢進去吧？」我問他。

「誰？我？」他顫抖的回應道。

「你們將會看到一些很不一樣的行刑器具，」史塔克斯先生繼續說，「獄卒可是有很多方法讓可憐的囚犯受到痛苦的煎熬。我必須提醒大家，這些招數千萬別在家裡嘗試。」

有些遊客笑了出來，而我則等不及要趕快進去一探究竟。

「請務必要跟好，」史塔克斯先生再次叮嚀大家，團員們從狹窄的走道魚貫

進入城堡。

「我上次帶的團在裡頭永遠迷失了，有很多人至今還在古堡內的各個暗房裡遊蕩，找不到出口。後來我回公司，老闆還數落了我一頓。」

聽了他那蹩腳的笑話，我笑了笑，心想這個笑話他大概已經講過上千遍了吧！

走近入口之際，我抬頭望了望黑暗的巨塔——塔頂只有堅硬的岩石，除了接近塔尖小小的方形窗外，整座塔完全沒有其他的窗子。

有人曾經眞的被囚禁在裡頭，眞的人……好幾百年前……突然間，我懷疑這座城堡會不會鬧鬼。

我想要解讀弟弟臉上嚴肅的表情。

他心裡是不是也有跟我一樣令人害怕的想法。

我們進入陰暗的入口。

「轉過身去，艾迪。」我說，接著往後一站，拿出放在外套口袋裡的照相機。

「我們進去了啦！」艾迪哀求著，「所有人都走在我們前面了。」

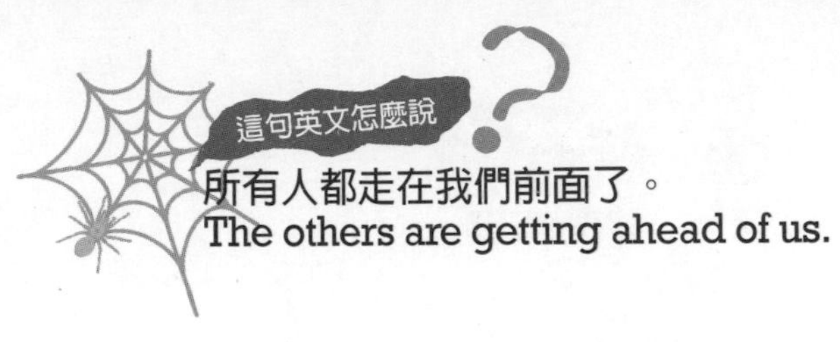

所有人都走在我們前面了。
The others are getting ahead of us.

「我只是要幫你拍一張站在城堡入口的相片嘛。」

我拿起照相機，把視窗靠近眼睛，艾迪則擺出一副白癡表情。我按下快門，照了張相。

但我萬萬沒有想到，這居然是我最後一次幫艾迪拍照……

3.

史塔克斯先生帶領我們從一條狹窄的階梯走下去。

接著，我們進入一個偌大且光線昏暗的房間。當我們進入這房間時，鞋子摩擦著石頭地板，發出吱吱的聲響。

我深吸了一口氣，等待眼睛適應房間的黑暗；裡頭的空氣聞起來有一股陳腐的味道，而且瀰漫著灰塵。

不過，房間裡倒是出乎意料的溫暖。我拉開外套拉鍊，讓棕色的長髮從衣領裡披灑下來。

我看到牆邊放了很多展示用的盒子，史塔克斯先生帶著我們走近房間中央一個很大的木製器械，團員們擠在一起，緊鄰著史塔克斯先生。

「這是拷問台。」他一邊說，一邊朝著拷問台的方向揮舞旗子。

「嗚，這是真的！」我小聲對艾迪說。我在電影和漫畫書裡曾經看過這麼大的刑具，但是從沒想過這種東西真的存在。

「囚犯被迫躺在這裡，手和腳會被綁住，」史塔克斯先生指著巨大的木製輪子繼續說明，「當旁邊的巨輪轉動起來，繩子就會拉緊囚犯的手腳。」

「輪子越轉，繩子就會拉得越緊，」史塔克斯先生說著，眼中閃爍著興奮的神采。「有時候輪子會一直轉，囚犯一直被往外拉扯——直到手腳的骨頭都被拉扯出來。」

他一邊呵呵笑，一邊說：「我想，這就是所謂在監獄裡面『伸懶腰』吧！」

一些團員因為史塔克斯先生的笑話而笑了起來，我跟艾迪則是彼此交換了一下嚴肅的眼神。

盯著這個長長的木製玩意兒，還有旁邊粗粗的繩子和固定手腳的皮帶，我只能想像某個人被綁在上頭的樣子。

輪子吱吱作響的轉動著，繩子越拉越緊……

當我抬起頭時，突然看見一道黑暗的身影站在拷問台另一邊。那個身影非常高大，肩膀很寬，穿著一件黑色的斗篷。他摘下寬邊帽遮住前額，整張臉幾乎藏在影子後面。

在黑影後面，他的眼神顯得更加晦暗。

莫非他在看我？

我用手指戳了一下艾迪。「有沒有看到那邊那個黑衣人？」我小聲問他，「他是旅行團員之一嗎？」

艾迪搖搖頭。「我從來沒看過他，」他小聲回應道，「很奇怪欸！他為什麼那樣瞪著我們看？」

那個高大的人把帽子拉得更低了，寬寬的帽沿遮住了他的眼睛，接著轉身後退到黑影裡，斗篷跟著捲起。

史塔克斯先生繼續介紹著拷問台，還問是否有人自願試試看，大家都笑了。

我得把這個東西好好拍下來，朋友看到一定會覺得酷斃了！

於是我把手伸進外套口袋。

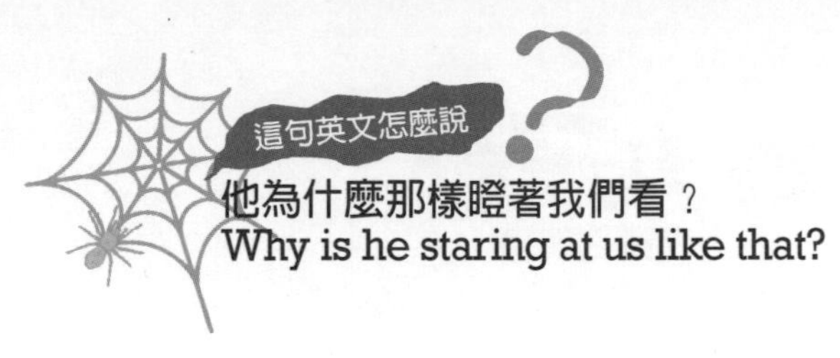

「嘿！」我驚訝的大喊。

我趕緊又翻找另一邊的口袋，接著是牛仔褲的口袋……

「我眞不敢相信！」我大叫道。

我的照相機不見了。

4.

「艾迪，我的相機，」我驚呼道，「你有沒有看到——」

當我看到弟弟臉上那副促狹、齜牙咧嘴的表情時，便停止喊叫。

他舉起手，手中握著我的相機，笑得十分邪惡。

「瘋狂扒手再次出擊！」他高聲說道。

「你竟然從我口袋扒走相機！」我大聲喊道，還用力推了他一下，使他踉蹌跌坐在拷問台上。

他不由得大聲笑出來。

艾迪總認為他是全世界最偉大的扒手，這是他的嗜好，而且還經常練習咧！

「世上最快的手！」他自吹自擂，還在我面前揮舞著相機。

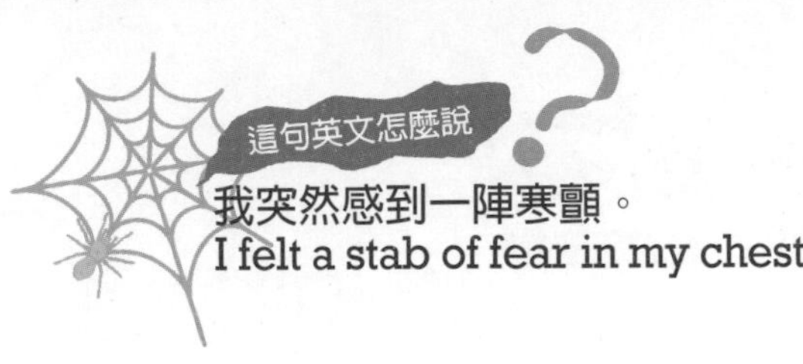

我突然感到一陣寒顫。
I felt a stab of fear in my chest.

我從他手中把相機抓了過來。

「你眞的很可惡耶！」我告訴他。

我實在搞不懂他爲什麼對當賊這件事這麼熱衷，不過他還眞的很厲害，當他從我的口袋扒走相機時，我眞的一點都沒有感覺到。

我想要叫他別再扒走我的相機，但這時史塔克斯先生已經指示所有人跟他走到下一個房間。

當我和艾迪急忙跟上時，我偷偷看了一下那個穿黑色斗篷的人。他緩緩的跟在我們後頭，臉部還是以寬帽沿遮住。

我突然感到一陣寒顫。

難道那個陌生人在監視我跟艾迪？可是爲什麼呢？

不，也許他只是另一個造訪恐怖塔的遊客。那爲什麼對於他跟著我們這件事，讓我感到恐懼？

來到下一個房間，我一邊和艾迪研究著展示的行刑器具，一邊還不斷回頭查看他。

那傢伙看起來對這些展示品一點興趣也沒有，他一直靠在牆邊，讓穿著黑斗篷的身影隱藏在黑影中，而且還一直凝視著我們！

「快看！」艾迪一邊催促我，一邊把我推向一個展示架。「這是什麼啊？」

「這是拇指夾，」史塔克斯先生回答，並來到我們身後，拿起一個拇指夾解釋道：「這東西看起來像戒指，看到了嗎？就像這樣，把它戴到你的拇指上。」

他說著把寬寬的金屬指環戴到自己的拇指上，再舉起手，好讓我們看個仔細。「這個指環旁邊有一道螺旋，轉動螺旋，就會把你的拇指咬住。一直轉動的話，就會越咬越深。」

「哎喲！」我大叫。

「的確很噁心，」史塔克斯先生一邊說，一邊把拇指夾放回展示架上。「這整個房間裡所展示的，都是會令人作嘔的東西。」

「我不敢相信真的有人被這些刑具折磨過。」艾迪顫抖著聲音嘀咕道。他實在不太喜歡恐怖的東西——尤其當這些東西是「真的」的時候。

「真希望我有一對這種東西能用在你身上！」我故意逗他。

艾迪還眞是個膽小鬼，有時候我就是忍不住想讓他受不了。

我走到繩製柵欄後，拿了一雙金屬製的手銬。這手銬比我想像中還重，而且手銬內側有一道金屬製的鋸齒。

「蘇，快拿下來！」艾迪發瘋似的低喊道。

我讓一只手銬滑落到手腕上。

「看到了嗎？艾迪，當你銬緊手銬，裡面的鋸齒就會咬進你的手腕。」我告訴他。

突然，沉重的手銬一緊，我不禁放聲驚叫，還不停的喘氣。

「啊！」我尖叫道，並狂亂的拉扯著手銬。「艾迪——救我！我沒辦法拿下來，它在咬我的手！它在咬我……」

5.

「啊！」艾迪目瞪口呆的看著我手腕上的手銬，不禁發出一陣驚懼的嗚咽聲，他的嘴巴張得大大的，下巴不住的顫抖著。

「救我啊！」我一邊哀號，一邊發了瘋似的甩著我的手，想要把手銬拉開。「快幫我解開！」

艾迪的臉色蒼白得像鬼一樣。

我再也無法裝下去了，不禁大笑起來，並讓手銬滑開我的手腕。

「回敬你一次！」我語帶嘲弄的說。「因爲你扒了我的相機，現在咱們扯平啦！」

「我……我……我……」艾迪結結巴巴的說不出話來，深色的眼眸怒視著我。

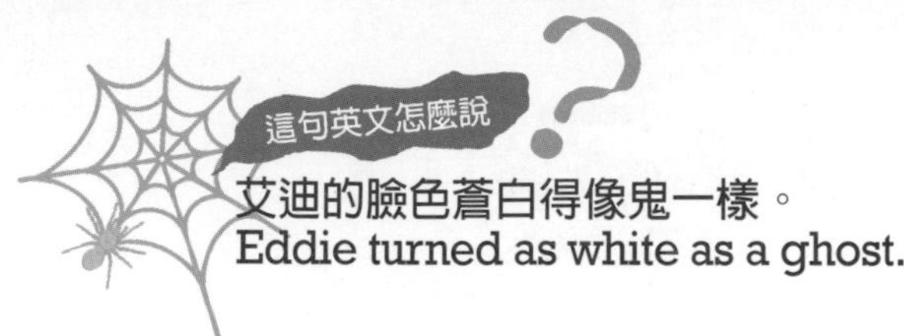

「我眞的以爲妳受傷了！」他抱怨著說，「別再鬧了，蘇！我是說眞的。」

我向他吐了吐舌頭。我知道這樣的行爲有些幼稚，然而在弟弟面前，我不盡然會一直表現得很成熟。

「請跟我來。」史塔克斯先生的聲音在石牆中產生了回音，艾迪和我趕緊跟上圍繞在史塔克斯先生身邊的旅行團。

「現在我們得爬上這座階梯到北塔，」史塔克斯先生宣布道，「正如你們所看到的，這座階梯又窄又陡，所以我們得一個一個上去。各位，請小心你的腳步。」

史塔克斯先生低下他那顆禿頭，引領我們進入一個又低又窄的通道。艾迪和我排在隊伍的最後。

這座石頭砌成的階梯，是沿著塔壁、呈螺旋狀向上盤旋，而且沒有扶手。因爲階梯實在又陡又蜿蜒，我得用手扶著塔壁，才能保持平衡向上爬。

當我們一路往上爬，空氣變得越來越暖和。眞不知道有多少人爬過這道古老的石階，因爲石階已經變得十分平滑，階梯邊都被磨平了。

我想像過去那些囚犯一個接一個的爬著這些石階到囚塔，他們肯定是一邊爬，雙腳一邊害怕的發抖。

艾迪在我的前頭，他爬得很慢，還往上察看被煤灰覆蓋的石牆。

「實在太暗了，」他轉過身來對我抱怨道，「趕快爬，不然我們會落後太多。」

我一邊爬，身上的外套一邊摩擦著岩壁。我的身材已經算很瘦了，但這階梯顯然非常窄，讓我不斷的磨蹭到塔壁。

在彷彿爬了幾個小時的階梯後，我們終於踏上平地。出現在我們眼前的，是一間又小又暗、前面設有鐵製柵欄的牢房。

「這間牢房是專門用來關政治犯的，」史塔克斯先生告訴我們，「國王的政敵會被帶到這裡，你們可以想像，這裡絕對不是世上最舒服的地方。」

走近這間牢房，我發現裡頭只有一個石頭做的小凳子和一張木製的寫字檯。

「這些政治犯會受到什麼待遇？」一位滿頭白髮的女士問史塔克斯先生。「他們就一直被關在這裡，年復一年嗎？」

「不，」史塔克斯先生一面回答，一面搔搔他的下巴。「他們大部分都被斬首了。」

突然間，我感覺背脊竄起一陣寒意。接著我靠近鐵欄杆，往小牢房裡猛瞧。

真的有人被關在這裡頭……真的有人在這些鐵欄杆後面往外望，或是坐在小寫字檯前，在這狹窄的空間裡來回踱步，等著命運降臨在他們身上。

我用力吞了一口口水，看了看弟弟，發現他跟我一樣驚恐。

「我們還沒抵達恐怖塔的塔頂，」史塔克斯先生說，「請大家繼續往上爬。」

我們順著陡峭的階梯越爬越高，石階的角度變得越來越陡。我緊跟在艾迪後頭，手扶著塔壁，繼續往塔頂攀爬。

當我一路向上爬的時候，突然有個奇怪的念頭出現在腦中，那是一種以前似乎來過這裡、似曾相識的感覺，彷彿我曾經爬過這彎曲的階梯、爬上這座古塔的頂端。

不！這當然是不可能的，艾迪和我可是有生以來第一次造訪倫敦。

但這股似曾相識的感覺，一直到整個旅行團爬上塔頂、擠在這小小房間時，還一直縈繞在我腦中。

難道我曾經在電影裡看過這座塔？或是從雜誌上看過照片？

為什麼這裡感覺如此熟悉？

我用力搖了搖頭，想把這個奇怪又惱人的念頭甩掉。我走到艾迪旁邊，四處打量著這個小小的房間。

在我們頭頂上有個圓形小窗，一束昏暗的灰色光線滲透了進來。圓周狀的石壁，光禿禿的沒有任何陳設，只有一些裂縫和晦暗的痕跡。小房間的天花板非常矮，矮到史塔克斯先生和旅行團的成年團員必須低下頭來。

「或許你們已經感受到這個房間瀰漫著哀戚的氣氛。」史塔克斯先生柔聲說道。

我緊靠在他旁邊，以便聽個清楚。艾迪則是仰視著小窗，表情十分凝重。

「一對年輕的王子和公主，曾經被帶到這個房間裡，」史塔克斯先生繼續說明，而且語氣凝重。「這是發生在十五世紀早期的事，約克王子和公主──艾德華和蘇珊娜──曾經被關在這個塔頂小小的牢房裡。」

他拿起紅旗在牢房中繞圈揮舞著，我們的目光跟著凝視這個又小又冷的房間。

王子和公主並沒有被關在這裡很久。
The prince and princess weren't up here for long.

「請想像兩個小孩從他們的家裡被抓走，關在這個位於恐怖塔頂毫無生氣又寒冷的小小牢房裡。」史塔克斯先生此刻的音量只比說悄悄話稍微大聲一些。

突然間，我覺得冷颼颼的，於是把拉鍊拉了上來。艾迪則把手緊緊塞在牛仔褲的口袋裡，他看著這間又小又暗的房間，雙眼因恐懼而越張越大。

「王子和公主並沒有被關在這裡很久，」史塔克斯先生邊說邊把手上的旗子放到身旁。「那天晚上當他們熟睡時，最高行刑官帶著他的部下爬上階梯，他們接到的命令是讓兩個孩子窒息而死，以免讓王子或公主日後來奪取王位。」

這時史塔克斯先生閉上眼睛、低下了頭，霎時房裡肅靜的氣氛變得更凝重了，沒有人動，也沒有人說話，唯一的聲響是從頭頂上方圓形窗戶吹進來的颼颼風聲。

我也閉上雙眼，想像著男孩、女孩又害怕又孤單，想要在這個寒冷的石屋裡入睡。

突然間，門被打開了，一些奇怪的人衝了進來。他們不發一語，只是匆忙的想要悶死這兩個孩子。

就在這個房間裡。

就在我目前所在的這個房間裡……我睜開雙眼，艾迪正凝視著我，臉上的表情透露著不安。

「這……真的是太可怕了。」他小聲的說。

「是呀！」我同意道。而史塔克斯先生繼續訴說著這個故事。

這時我的相機從手中滑落下來，掉在石頭地板上，發出惱人的聲響。當我彎腰撿起相機之際，不禁驚叫道：「噢！快看，艾迪——鏡頭打破了！」

「噓——我漏聽史塔克斯先生說王子與公主的故事了啦！」艾迪抗議著。

「可是我的相機……」我搖了一下相機，實在不知道自己為什麼要這樣做，這樣根本不可能讓鏡頭恢復完好。

「妳有聽到他說了什麼嗎？」艾迪問我。

「抱歉，我沒聽到。」我搖了搖頭說。

接著，我們走過一個低矮的吊床，旁邊放著一個三角木凳，這是整個房間裡唯一的家具。

王子和公主是否曾坐在上頭？

我注意到牆上有黑色的記號。
Black markings on the wall caught my eye.

他們是不是也曾站到床上，想要爬上窗戶往外看？

他們在裡面談了些什麼？有沒有想過自己即將遭遇到什麼事？是否曾討論等他們自由後，要做什麼有趣的事？或是什麼時候才能回家？

這一切真是令人鼻酸，讓人十分難過。

於是我站到床上，把手扶在上頭。床感覺起來很硬。

這時我注意到牆上有黑色的記號。

是筆跡嗎？

王子和公主在牆上留下了訊息？

我往上跳著，瞇起眼睛想看清楚筆跡。

但那不是筆跡，只是石頭的裂縫罷了。

「蘇，快下來啦！」艾迪一邊催我，一邊拉著我的手。

「好啦、好啦！」我不耐煩的回道。這時我的手又碰到了吊床，摸起來凹凸不平，而且硬硬的，非常不舒服。

我仰頭凝視著上頭的圓窗，先前灰色的光線已經轉變成一片黑暗，和外頭的黑夜一樣晦暗。

這時石牆似乎突然往我這邊靠，我感覺好像身處在一個黑暗的衣櫃裡，一個寒冷、可怕的衣櫃裡。我想像著四周的牆壁越縮越近，彷彿要掐住我、悶死我。

這就是王子和公主當時的感受嗎？

我現在感受到的，是不是和五百多年前他們經歷的一樣？

突然間念頭一轉，我把手移開吊床，轉身面向艾迪。

「我們離開這裡吧！」我顫聲說道，「這間房間眞的太令人害怕、太令人感傷了！」

於是我們離開吊床旁，朝階梯的方向走，接著停下了腳步。

「嘿——」我們不約而同驚叫出聲。

史塔克斯先生和其他旅行團員統統不見了！

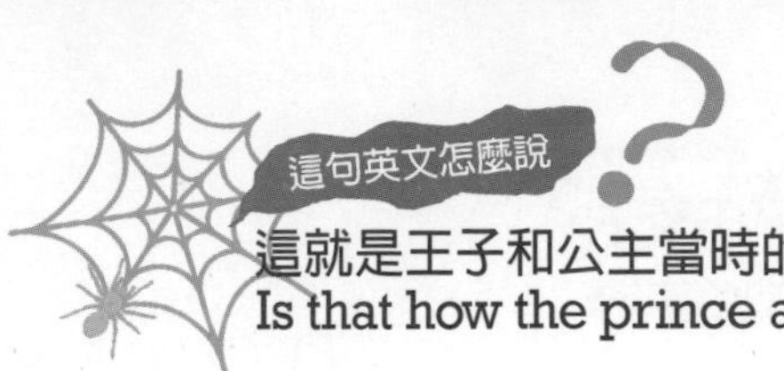

這就是王子和公主當時的感受嗎？
Is that how the prince and princess felt?

6.

「他們跑哪兒去了？」艾迪驚叫道，「他們把我們丟在這裡了！」

「他們現在一定正在下階梯，」我告訴他，並輕輕的推了他一下，「我們走吧！」

「妳先走。」艾迪磨蹭著靠近我，很平靜的堅持道。

「你該不是害怕了吧？」我逗著他說，「孤零零一個在恐怖塔？」

我不知道自己爲什麼這麼喜歡逗他。明知道他很害怕，而且我自己也有點不安，但我就是忍不住想逗他玩。

正如我說的，在老弟面前，我的表現實在不怎麼像樣。

於是我走在前頭，順著階梯往下走。當我朝下望去，只感覺下面越來越暗、越來越陡。

「爲什麼我們沒聽見他們離開的聲音？」艾迪又問我。「他們怎麼那麼快就離開了？」

「已經很晚啦，」我告訴他。「我猜史塔克斯先生一定是急著讓大家趕快搭上巴士，回到下榻的飯店。這座塔五點就關閉了吧，我想。」

我看了一下手錶，現在已經五點二十分了。

「快點！」艾迪催促著。「我可不想被反鎖在塔裡頭，這裡讓我起雞皮疙瘩。」

「我也是。」我承認道。我一邊在黑暗中瞇著眼睛，一邊緩緩步下階梯，球鞋不時摩擦著平滑的石階。同時我還必須用手扶著石壁，這樣才能幫助我在這座彎曲的階梯上保持平衡。

「他們在哪裡？」艾迪緊張的問。「爲什麼我們在這裡聽不到其他人的聲音？」

當我越往下走，空氣變得越冷。接著，階梯底下出現了一道黃色的光束。

這時我的手好像摸到什麼軟軟黏黏的東西。

為什麼我們沒聽見他們離開的聲音？
Why didn't we hear them leave?

原來是蜘蛛網——真是噁心！

我聽到艾迪在我身後發出重重的喘息聲。

「巴士會等我們的，」我告訴他。「保持冷靜，史塔克斯先生不會丟下我們就離開的。」

「有誰在下面嗎？」艾迪大聲尖叫，「有誰聽得到我的聲音？」

他尖銳的聲音在狹窄的石階中迴盪著。

可是沒有任何回應。

「警衛都跑哪裡去了？」艾迪問道。

「艾迪，你先別激動，」我懇求他。「現在已經很晚了，警衛可能正在準備關門，史塔克斯先生會在下面等我們的，我跟你打包票。」

現在我們到達有蒼白光線照射的地面，這邊有我們剛才參觀過、築在牆邊的小牢房。

「不要停！」艾迪一邊哀求，一邊拚命喘著大氣。「繼續走，蘇，快點！」

我把手放在他的肩上，想讓他鎮定下來。

「艾迪，我們會沒事的，」我盡力安慰他的情緒，「我們就快要到達地面了。」

「但是妳看——」艾迪一邊抗議，一邊瘋狂的用手指著。

我隨即發現是什麼東西在困擾著他。原來我們面前出現了兩道往下走的階梯，一個朝左，一個往右。

「這可奇怪了，」我邊說邊看著這兩個通道。「我不記得有第二道階梯啊！」

「哪……哪一個才是正確的？」艾迪結結巴巴的說。

這下我也遲疑了。「我不確定……」我往右邊的通道走，往下端詳了一番，但實在無法看的很遠，因爲階梯太蜿蜒曲折了。

「哪一個？妳說是哪一個？」艾迪不斷的問。

「我想應該沒差吧，」我告訴他，「我是說這兩道階梯都是通到下面的，對不對？」

我招了招手，示意他跟著我。

「來吧！我想這邊應該是我們爬上來的那一條。」

我往下走了一步，接著停下來，因爲我聽到很重的腳步聲正「往上」走。

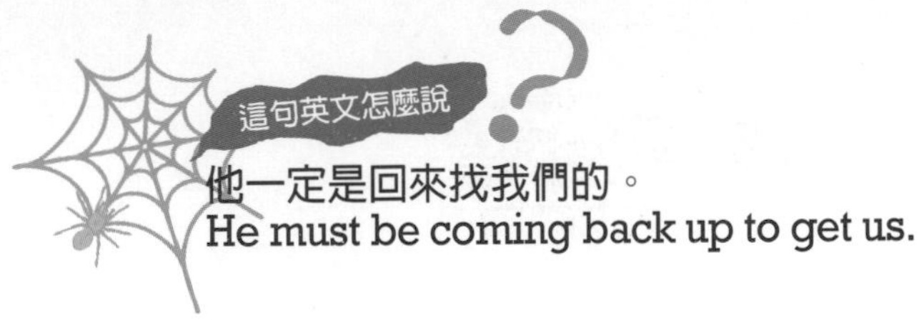

他一定是回來找我們的。
He must be coming back up to get us.

艾迪急忙抓住我的手。

「那是誰？」他小聲問道。

「可能是史塔克斯先生吧！他一定是回來找我們的。」

艾迪這才長呼了一口大氣。

「史塔克斯先生——是你嗎？」我往下叫著。

沒有回應，只有繼續朝上走的腳步聲。

「史塔克斯先生？」我的叫聲變得很小。

當那個黑暗的身影出現在階梯下方時，我馬上發現他並不是我們的導遊。

「啊！」巨大的身影進入我的視線時，我不由得發出一聲驚叫。

他的臉孔依然隱藏在黑暗之中，但是在他寬邊帽下那雙張得偌大的眼睛，就好像是燃燒的煤炭一般，火紅的瞪著我跟艾迪。

「這……這是往下走的通道嗎？」我結結巴巴的問。

他沒有回答我，也沒有動，眼睛還是狠狠盯著我看。

我努力想看清楚他的臉，但是他一直把寬邊帽拉下，把臉藏在帽影後面。

我深吸了一口氣，再次努力想看清楚他的臉。

「我們沒跟上其他團員，」我說，「他們一定在等我們，所以這……這是通往下面的路嗎？」

他還是沒有回應，而且繼續用那凶神惡煞般的眼神瞪視著我們。

我發現他眞的很高大，因爲他擋住了整個通道口。

「先生？」我害怕的問。「我弟弟和我……」

他突然舉起一隻高大的手，手上還戴著黑色的手套。

「現在你們得跟我走。」他指著我們兩個咆哮道。

我只是看著他，實在搞不懂他在說什麼。

「你們現在就得走！」他重複道，「我不想傷害你們，但是如果你們想逃，我就別無選擇了。」

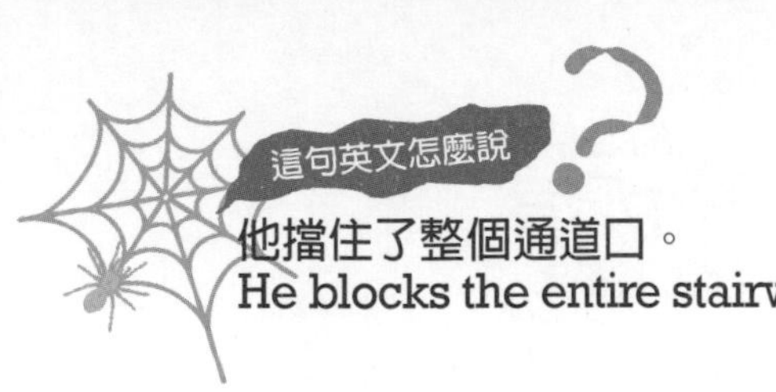

7.

艾迪的喘息聲越來越大。

當這個人越走越近時，我只能驚恐的張大了嘴巴。

突然間，我意識到他是誰了。

「你是這裡的警衛對不對？」我問。

他沒有回應。

「你……你嚇到我了，」我一邊說，一邊忍不住笑了出來。「我是說這套服裝，還有所有的東西……你在這裡工作對不對？」

他繼續走過來，戴著黑手套的手高高舉起，不斷揮動著手指。

「很抱歉，我們待在這裡太久了，」我繼續說，「我們走失了，沒跟上其他團員，我猜你現在是要關門了，這樣才能回家。」

他又往前走了一步，眼神帶著怒意。

「你知道我爲何在此出現。」他咆哮道。

「不，我不知道，我……」我的話被打斷了，因爲他一把抓住我的肩膀。

「嘿——放開她！」艾迪大叫。

但是穿斗篷的男人接著抓住了我弟弟。

他那戴著手套的手指，緊緊抓住我的肩頭。

「喂！」我痛得大叫。

他把我們兩個抓住，靠到冷冷的石頭牆上。

我逮住這機會看到他的臉——那是一張冷酷無情又充滿怒氣的臉，他有一個又長又尖的鼻子，兩片薄唇糾結在一塊，還有那雙閃著精光的冷漠眼睛。

「放我們走！」艾迪勇敢的要求道。

「我們要和旅行團會合！」我對著這個傢伙大叫道：「我們要離開了，你不能把我們扣留在這裡！」

他對我們的請求充耳不聞。

「別動！」他低聲嘶吼道，「待在這裡，別想要逃走！」

「聽著，先生……如果我們做錯了什麼……」我的聲音越來越小。

這時我看到他把手伸進了黑斗篷的摺疊處，稍微掙扎了一會兒後，拿出了某樣東西來。

一開始我以爲是橡皮球——三個橡皮球。

但是當他把那三個東西放在一起、發出喀嚓聲時，我才知道原來他拿著的是三顆白色的圓滑石頭。

到底發生了什麼事？

難道他瘋了不成？

瘋狂且危險？

「聽著，先生，」艾迪說道，「現在我們真的得走了。」

「別動！」穿斗篷的男人大聲叫道，並狠狠的揮動了一下他身後的披風。「不准動，也不許發出聲音來，這可是最後的警告！」

艾迪和我相互望了一下，眼神裡充滿恐懼。我的背靠在石牆上，想要沿著牆邊，慢慢走向最近的階梯。

斗篷男口中念念有詞，他正專心於那三顆圓滑的白石，並把三顆白石一顆顆的疊了起來。

當其中一顆石頭掉到地上時，他發出了怒吼聲。那顆石頭在地上彈跳了一次，然後滑過平滑的地板。

就是現在——我們的機會來了！

「快跑！」我把艾迪往另一道階梯的方向推去，並大叫道。

8.

「別動！」那個人一邊怒喝，一邊撿起白色石頭。他的聲音從石牆反彈過來，聽起來好像在打雷。「我警告你們，你們是逃不出我的手掌心的！」

艾迪被嚇得瞠大了雙眼，不假思索的奮力逃跑。

「給我站住！」穿斗篷的男人繼續怒喝道。當我們手扶著石牆，頭也不回、一路踉蹌的從陡峭彎曲的階梯往下爬時，他的聲音依然像雷聲般的縈繞在我們耳邊。

我和弟弟不停的往下跑、往下跑。由於沿著彎曲的階梯走得太快，我的頭都暈了，但眼睛仍盯著下方一點點昏暗的光線，強迫自己不要暈倒，別讓先前那個恐怖的念頭再次出現在腦海。

途中我的相機從口袋裡掉了出來，由階梯上一路滾落下去，我並沒有停下來撿，反正它已經壞了。

「繼續跑！」我催促著艾迪。「千萬別停，我們就快離開這裡了！」

但我們眞的快離開了嗎？

這次往下跑的感覺似乎比剛才花費更多時間。

我們的球鞋摩擦著石階，發出嘈雜的聲響，但身後斗篷男的腳步聲更重，他的吼叫聲在塔壁中迴旋不斷，就好像有好幾百個、而不只是一個令人害怕的傢伙正在追我們。

他到底是誰？爲什麼要追我們？

他爲什麼這麼生氣？

一路狂亂的跑下彎曲的階梯時，這些問題不斷在我腦海中浮現。

但是我根本沒時間想答案。

這時候，我們面前赫然出現一道灰色的大門，擋住了我們的去路。

因爲下階梯的速度太快了，我和艾迪紛紛撞了上去。

他為什麼這麼生氣？
Why is he so angry?

「出口！我們……我們終於到了！」我不禁叫了出來，但身後還是傳來那個人隆隆的腳步聲，越來越近、越來越近。

我們就快出去！我想我們安全了！

艾迪用他的肩膀想要把門推開，他推了一次又一次。

接著他轉過身來，下巴不停的顫抖著。

「這扇門鎖住了，我們被關起來了！」

「不——」我不敢置信的狂叫道，「快推！」

我們倆放低身子、用盡全身力氣，想用肩膀推開這扇大門。

可是沒用，大門連動都沒動一下。

斗篷男重重的腳步聲越來越近，幾乎近到我們能聽見他的喃喃自語聲。

我們被困住了，他就要逮到我們了……

他爲何要抓我們？到底要做什麼呢？

「再試一次。」我努力擠出這句話來。

於是我和艾迪再度轉過身來面對門。

「站在那兒別動！」斗篷男對我們命令道。

但艾迪和我仍孤注一擲的用力推著門。

這次門終於動了，打開時還摩擦到石頭地板。

艾迪使盡吃奶的力氣把門推開一道縫，好讓我鑽出去。

我們倆上氣不接下氣的出來後，趕緊把門關上。大門外頭裝了一只長長的金屬把手，我把門整個帶上並拴好，將斗篷男鎖在裡頭。

「我們終於安全了！」我放聲大喊，跳著離開那道門。

可是我們並沒有眞的「出來」，而是跑到另一個又大又暗的房間裡。

我們聽到一陣冷酷的聲音——同樣在這個房間裡——一個男人的輕笑聲，宛如在宣告我們還沒有完全脫身。

我們倆上氣不接下氣的出來後，趕緊把門關上。
Panting hard, we shoved the door shut behind us.

這個笑聲離我們越來越近，我們倆嚇得拚命喘氣。

「你們現在已經進入國王的地牢啦，放棄所有的希望吧！」這個人鄭重宣告。

「你……你是誰？」我大叫。

但是唯一的回應，依然只有笑聲。

從低矮天花板射下來的一道淡綠色光線，劃破了原本的黑暗。我緊靠在艾迪旁邊，利用這道奇怪的微光，瞇著眼睛努力尋找逃跑的途徑。

「在那裡！快看！」艾迪一邊小聲說，一邊伸手指了個方向。

在房間的另一邊，我看到一間拴住的牢房。

我們躡手躡腳的往前走幾步，接著看到……看到了一隻骨瘦如柴的手，從

柵欄之間伸了出來。

「不！」我神經緊繃的喘息著。

艾迪和我不由得向後倒退了幾步。

而我們身後那道大門砰砰的聲響，再度讓我們倒彈回去。

「你們逃不掉的！」穿斗篷的男人在門的另一邊怒吼著。

當他瘋狂的敲打大門時，艾迪突然抓住我的手，砰砰的聲響簡直比打雷還要大聲。

門栓牢靠嗎？

這時我們面前又有兩隻乾癟的手，從另一間牢房裡伸了出來。

「這一切都不是眞的……」艾迪好不容易擠出話來。「今天就別再出現任何一間牢房了吧！」

「另一道門！」我喃喃說著，全身嚇得直發抖，因爲不斷有手從黑牢裡伸出來。「快找別的出口！」

我的雙眼瘋狂的在黑暗中梭尋，發現遠處角落有一道微弱的光線。

我朝光的方向跑去，忽然絆到了什麼，有東西被鏈在地板上。

不料竟是個四肢敞開、躺在地面上的傢伙。我因此跌了一跤，砰的一聲跌落在他的胸前——眞是噁心！

我的腳被鎖鏈纏住，發出鏘鏘的碰撞聲，而且膝蓋和手肘都重重的摔在地上，全身痛得不得了。

但是躺在地上的老人動也沒動。

我掙扎著站起來並低頭看看他，原來只是個假人。

不是眞的，只是個假人被鏈在地上。

「艾迪，這不是眞的人！」我大叫。

「啊？」他一臉疑惑的瞪著我，表情因爲恐懼而扭曲。

「這不是眞的，全都不是！」我再次喊道，「你看！牢房裡的手都沒在動，這一切都只是展示用的……艾迪，只是展示啊！」

艾迪想要重複我的話，但是一個殘酷的笑聲打斷了他。

「你們現在已經身陷國王的地牢，放棄所有的希望吧！」那個人的聲音重複著，緊接著傳來更邪惡的笑聲。

但那只是事先錄好的錄音帶。

這房間裡除了我們，沒有其他人，連獄卒都沒有。

我大大的喘了一口氣，心臟仍舊像貝斯鼓一樣不停的跳動著。不過明白我們並沒有被困在眞的地牢裡，已經讓我感覺舒坦多了。

「我們沒事了。」我跟艾迪確認道。

這時候，那道門突然砰的一聲打開來，一個高大的人咆哮著走了進來，他身上的斗篷在身後飛舞著，眼中閃爍著勝利的光芒。

我和艾迪僵立在房間中央。
Eddie and I froze in the middle of the floor.

10.

我和艾迪僵立在房間中央。

斗篷男停住不動，整個房間唯一的聲響，就是他那惱人、刺耳的呼吸聲。

藉著房間的微光，我們互望了一眼，兩人就像是牢房裡的假人般，一動也不敢動。

「你們逃不掉了！」他再次咆哮道，「要知道你們將無法離開這座城堡！」

他的話讓我整個背脊發涼。

「別來煩我們。」艾迪低聲哀求。

「你到底想怎樣？」我質問道，「爲什麼要追趕我們？」

這高大的人戴著手套，插著腰、面無表情的回答：「你們知道爲什麼。」

他朝著我和艾迪又走近了一步。

「你們準備好要跟我走了嗎？」他質問道。

我沒有回答他，反倒傾身靠近艾迪，小聲跟他說：「準備拔腿就跑。」

艾迪始終直視前方，眼睛眨都沒眨、頭也沒轉，我實在不知道他是否有聽到我說的話。

「你們沒有其他選擇。」那人輕聲說道。他把兩隻手放進斗篷的摺縫中，再次拿起那三顆神祕的白色石頭，而我又瞥見他那深沉的眼睛和輕蔑的冷笑。

「你……你犯了個大錯。」艾迪結結巴巴的說。

那人搖了搖頭，黑色帽子的寬邊帽沿在地上映出一道斜斜的影子。

「我沒有做錯，別想再次逃離我的手掌心，現在你們必須跟我走。」

這時我跟艾迪不再需要信號，也沒有彼此交換言語及眼神，我們同時轉身，拔腿就跑。

那人氣憤得大叫出聲，並追趕起我們。

這個房間似乎沒有盡頭，它一定是城堡的整個地下空間，除了透出一點點微

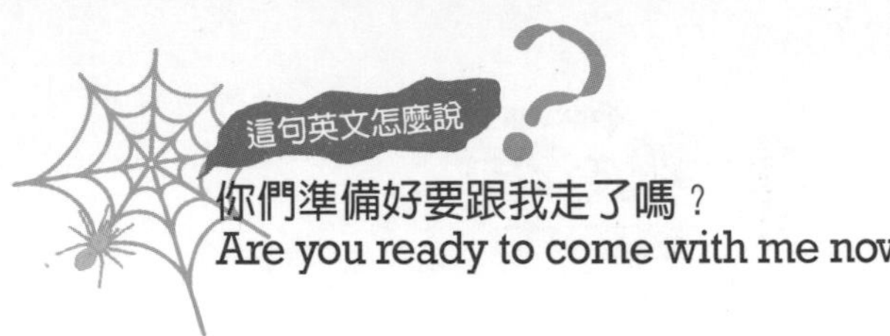

弱的光線以外，整個空間好似被迷霧一般的黑暗所籠罩。

沉重的恐懼感緊壓著我，我感覺到自己的雙腳彷佛有千斤重。我的動作變得越來越慢，儘管我掙扎著想要加快速度，但艾迪和我此時就像在地上爬的烏龜一般。

眼看著那個人就要抓到我們了。突然間，我聽見斗篷男發出一聲哀號，我忍不住回過頭去，只見他被鎖在地上的假人絆倒，重重的摔了一跤。

當他掙扎著想要站起來時，我瞥見遠處牆壁有一扇門還是通道，看起來像是個出口。

「我們要怎麼離開這裡？」艾迪大叫。「我們被困住了，蘇！」

「不！」我驚叫著。這時我看到牆邊有張工作檯，檯上雜亂的堆放著各種工具。我本來想找個可以當武器的東西來用，但是沒看到什麼像樣的東西，只好拿了支手電筒代替。

我慌張的推著按鈕。

這東西可以用嗎？

耶！

手電筒瞬間射出一道強光，投射到地面上。

「艾迪——快看！」我把光線對著遠處的牆，小聲的對他說。

牆上有一個很低的開口。

是某種隧道嗎？我們可以用它來逃脫嗎？

緊接著，我們低下頭，進入這個黑暗的通道。

我將手電筒放在腳邊的高度，好讓光線可以往前照射。由於這個彎曲向上的通道高度不高，我們無法全身站立，必須屈著膝往前跑。

在經過一道直直的通道之後，隧道向下彎曲，而且轉向右邊。隧道裡的空氣又冷又濕，我還聽到從附近傳來流水聲。

「這是個舊下水道，」我告訴艾迪。「也表示這個下水道會把我們帶到外面某處。」

「希望如此。」艾迪氣息微弱的回答。

我們繼續沿著彎曲的下水道向前跑，手電筒的光線一會兒照到下水道上緣，

一會兒照到潮濕的石頭地面。

透過光線，我們看到下水道上緣掛著很寬、用金屬做的輪幅。艾迪和我得把身體壓得更低，才不會讓我們的頭去撞到這些東西。

手電筒的光線在下水道上緣的鐵製輪幅和地板之間不停晃動，艾迪跟我則不斷的濺起一灘又一灘的污水。

當我們再次聽到那個腳步聲時，兩人同時倒抽了一口氣。

那個沉重且響亮的腳步聲在下水道裡就好像打雷一般，而且聲音越來越大。

我轉身瞧了一眼。只是下水道是彎曲的，我無法看到那個穿斗篷的男人。

他隆隆的腳步聲規律且急促，我知道他就在我們身後不遠處。

他還是會抓到我們的，我驚慌的告訴自己。

這個下水道似乎沒有盡頭，我和艾迪實在沒法再跑太遠。

他會在這潮濕黑暗的下水道裡逮到我們的。

然後呢？他究竟想要什麼？

他為何說我們知道他要的是什麼？我們怎麼可能知道呢？

就在這時我往前跌了一跤，手電筒撞到牆壁，從我手中掉落到下水道的地面上，並滾到了我的前方。

現在手電筒的光線朝相反的方向照射，往斗篷男的方向照去。

我看著他進入我的視線。

他壓低著身子，拚命往前跑著。

「嗚……」我害怕得發出一聲驚喘。

我彎下腰撿起手電筒，但是我的手實在顫抖得太厲害了，手電筒又從我手中滑落。在這一瞬間，穿斗篷的男人已經追趕上來。

他用雙手抓住艾迪，並拉開黑色斗篷困住我弟弟。

緊接著，他把手伸向我。

「我已經告訴過妳——妳是逃不掉的！」他憤怒的說。

他為何說我們知道他要的是什麼？
Why did he say that we knew what he wanted?

11.

我彎身躲過他的魔掌。

在我驚喘的同時，順勢把掉在地上的手電筒撿了起來。

我打算用它當武器——把手電筒的光束射向斗篷男的眼睛，或是拿來敲他的頭。但是我一點機會也沒有。

因爲我太害怕了，完全不敢動，手電筒的光線只是直直的射在地面上。此時我看到了老鼠——上百隻吱吱亂叫的灰色老鼠。

手電筒刺眼的光束讓老鼠的眼睛如火焰一般紅，牠們在下水道裡亂竄，而且飢餓的咬著下顎和利齒，朝著我們而來。

刺耳、尖銳的叫聲在隧道裡迴盪著，可怕的聲響讓我連氣都不敢喘一下。

牠們漸漸向我們爬來，幾百雙火紅的眼睛在黑暗中更顯光亮。當牠們瘦小的身體爬過僵硬的地板時，拖在身後的尾巴就好像黑色的蛇一般。

斗篷男也看到了老鼠。他被嚇得向後倒退了好幾步。

被困在斗篷裡的艾迪哭了起來，他看到朝我們這邊衝來的一大群老鼠，被嚇得一動也不敢動。

「快跳！」我高喊著，「艾迪，快跳啊！」

但艾迪還是不敢動，我們只能瞠目結舌的看著吱吱亂叫的紅眼老鼠如海嘯般排山倒海的直衝而來。

「跳！快跳──就是現在！」我大聲尖叫道。

然後我舉起了雙手，奮力向上一躍。艾迪也跟著往上跳，我們倆緊緊抓住埋在下水道上緣的鐵條。

我發瘋似的把身體向上抬，腳也盡可能的高高舉起，離地面越遠越好，以便躲過這群老鼠的攻擊。

當這一大群老鼠從我身下通過時，一陣超噁的臭氣直衝上來，害我差點窒

息。我聽到牠們長長的腳爪摩擦過地面所發出的答答聲，和尾巴拖過地面的窸窣雜音。

黑暗中，我看不到老鼠，但聽得見牠們發出的聲響，甚至感覺得到牠們。牠們甚至跳上我的鞋子，用銳利的爪子刮過我的腿，而且一隻接著一隻。

我轉過頭去看到斗篷男開始往回跑，他踩著踉蹌的步伐想要逃離這如海嘯般襲來的老鼠群。他的手向前伸展，好像想抓住什麼東西似的，黑色斗篷在他身後翻飛而起，寬邊帽已經從他頭上掉落到地面上。接著一大群老鼠一撲而上，剎那間把帽子咬成了碎片。

斗篷男越跑越快，腳步聲的回音也越來越急促，一大群老鼠咬住他的斗篷，興奮的發出尖銳的叫聲。

不到幾秒鐘的功夫，他已然消失在彎曲下水道的盡頭；而那群老鼠則在他身後混亂的爬行，發出令人煩躁的叫聲。所有的聲響融合在一起，像是一陣恐怖的怒號，充斥了整個下水道。

我的手好痠，並抽痛了起來，不過我還是把腳抬得老高，直到確定所有的老鼠都消失無蹤後，才慢慢把腳放回地上。

恐怖的呼嘯聲漸漸遠去，終於消失在遠處。

我聽到艾迪重重的呼吸聲，他發出一聲尖銳的呻吟後，也鬆開手回到了地面。

我鬆開抓著鐵條的手，伸展一下身子，再慢慢的喘息，讓心臟跳動緩和下來，血液不再往腦門直衝。

「剛才真的好險。」艾迪低聲說道。他的下顎還在顫抖，整個人灰頭土臉的，就跟隧道的牆一樣。

但我仍然發著抖。我曾經夢見上百雙血紅的老鼠眼睛，聽到老鼠的利爪劃過地面的聲響，還有牠們的尾巴拖過地面的窸窣聲……

「我們趕快離開這個令人作嘔的下水道！」我大喊。「史塔克斯先生一定找我們找得快瘋了。」

艾迪撿起手電筒，交到我手上。

「我要趕緊回到觀光巴士，」他說，「簡直等不及要遠離這座爛塔了！我實

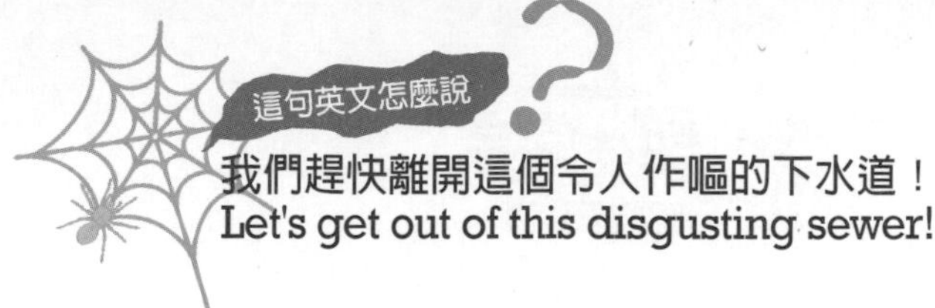

我們趕快離開這個令人作嘔的下水道！
Let's get out of this disgusting sewer!

在不敢相信我們剛剛在下水道裡被一個瘋狂的傢伙追趕，這種事怎麼可能發生在我們身上，蘇！」

「這一切都是眞的。」我一邊說，一邊搖著頭。

突然我的腦中浮現了另一個想法。

「媽跟爸現在應該已經開完會了，」我說，「他們可能正在擔心我們呢！」

「絕不會比我更擔心！」艾迪大聲嚷嚷。

我拿著手電筒，一邊往前走，一邊保持燈光朝下水道地面照。隧道開始向上延伸，並往左邊彎去，我們轉而用爬的。

「這個下水道總該有個盡頭吧！」我嘀咕道，「盡頭一定在某處……」

前方突然傳來一陣微弱的呼嘯聲，嚇得我驚聲尖叫。

難道還有老鼠……艾迪和我停下腳步聆聽著。

「嘿！」我興奮的喊了出來，因爲我發現這次聲音和之前的不同。

這是風灌進隧道裡的聲音，表示我們已經離隧道盡頭不遠，下水道就快通到外頭了。

「走吧！」我高興的大叫。當我們向前跑時，手電筒的光束在我們前方上下晃動著。

隧道突然彎到另一邊，盡頭出現了。

我看到一道直通而上的金屬階梯，通向隧道上方一個又大又圓的洞口。我抬眼凝視洞口，看到了夜空。

艾迪和我高興得鬆了一口氣。他爬上階梯，我緊跟在後。

今晚是個又冷又潮濕的夜晚，但我們根本不在乎，外頭的空氣真是又新鮮又清爽。

我們終於爬出洞口，離開下水道，離開那座恐怖塔，也逃離了那個穿黑色斗篷的恐怖傢伙。

我快速的查看了一下四周，確認我們現在在哪裡。只見恐怖塔矗立在我們面前，好像藍黑色天空中的一道巨大黑影。所有的光線都熄滅了，那座小小的警衛室也是空的，舉目所及看不到半個人影。

我看到把恐怖塔和外面世界隔開的矮牆，接著發現了通往出口及停車場的石

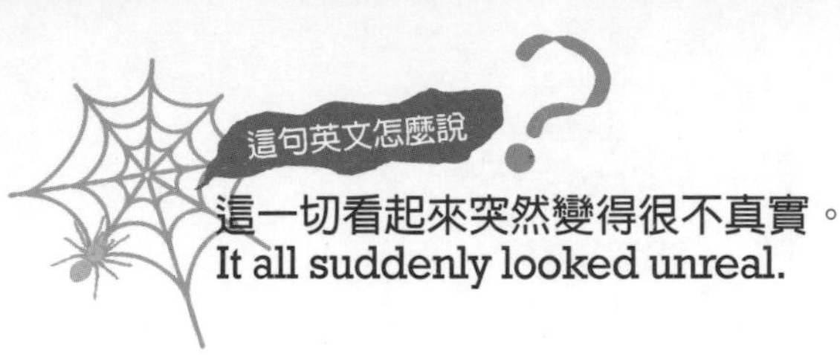

板步道。

我們急忙沿著步道往停車場方向跑去，鞋子踏在石板上發出很大的聲響，一輪昏暗的半月在稀疏的雲後若隱若現，微弱的銀色光束照射在發出沙沙聲的樹和長長的石牆上。

這一切看起來突然變得很不眞實。

我一邊往前跑，一邊回頭查看這座古堡。月光照射在突兀的塔上，宛若光線微弱的探照燈一般。

百年前，有人曾走過這段步道，也曾有人枉死在那座塔上……

我突然感到一陣戰慄，轉頭繼續往前慢跑。艾迪和我終於通過敞開的大門，來到圍牆之外。

我們終於回到現實世界，我想我們已經回到安全的地方了。

但是，我們的好心情沒能持續太久。

在蒼白的月光下，停車場反射著昏暗的微光，而且空無一物。

觀光巴士已經開走了。

艾迪和我從街頭找到街尾，整條長街道空蕩蕩的。

「他們丟下我們了，」艾迪一邊做著手勢，一邊嘀咕道，「這樣我們怎麼回去飯店？」

我正想回答，卻因爲看到一個人而停住了。

只見一個身材修長的白髮男人，一拐一拐的往我們這邊走來。他一面快速移動，一面指著我們喊道：「原來你們在這裡！」

噢，不！

我疲累的想著，身體因爲恐懼而僵硬起來。

現在又是怎麼一回事？

我們怎麼回去飯店？
How are we going to get back to the hotel?

12.

「原來你們在這裡！」

當那名男子衝向我們時，穿著寬大灰大衣的肩膀也隨著他一跛一拐的步伐歪來歪去。

在他橫越空曠的停車場時，我和艾迪緊靠在一起直盯著他看。他一頭雜亂的白髮從頭上那頂小灰色棒球帽下露了出來，身上的大衣幾乎垂到他的腳踝，把他那骨瘦如柴的身形整個包覆住。

他在我們面前停了下來並喘口氣，然後用那雙細小的眼睛，在微弱的月光下打量著我們——先看了看艾迪，再看看我。

「你們兩個是不是剛剛巴士司機在找的小孩啊？」他問我們，聲音尖銳且高。

他的口音和史塔克斯先生不同，我想應該是蘇格蘭腔。

艾迪和我點點頭。

「嗯，我是這裡的晚班警衛，」他告訴我們，「這裡傍晚關閉後就沒人了，只剩我一個。」

「呃……那我們的巴士呢？」艾迪小聲的問。

「開走啦！」警衛清楚的回答，「他剛剛到處找你們，但實在不能再等了。到底發生什麼事？你們是不是在裡頭迷路了？」他指著身後的巨塔說。

「有一個人在追我們，」艾迪喘著氣回道，「他說我們得跟他走，實在很恐怖，而且……」

「人？什麼人？」晚班警衛一臉狐疑的看著我們。

「一個身穿黑色斗篷的人啊！」我回答，「還戴了頂黑帽，他一直追我們，在塔裡面。」

「塔裡面沒有人啊！」警衛一邊回答，一邊搖著頭。「我跟你們說了，這裡晚上關閉以後只剩下我一個人。」

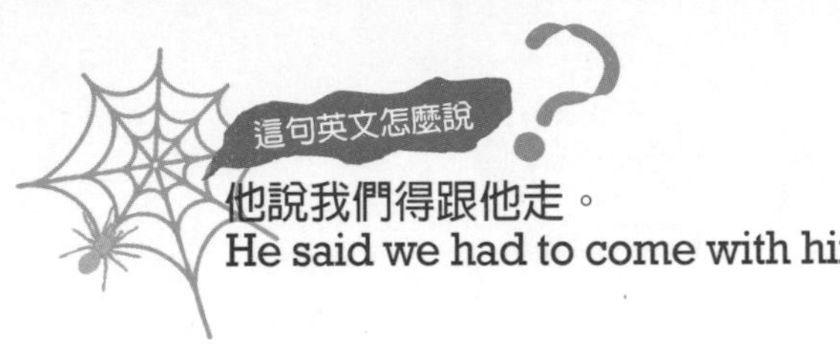

他說我們得跟他走。
He said we had to come with him.

「但是他就在裡面呀！」我大叫，「他一直追我們，想要傷害我們，把我們追到下水道，還有老鼠……」

「下水道？你們兩個跑去下水道那兒做什麼？」警衛質問道，「我們這裡有規定遊客哪裡可以去，哪裡不可以去，如果你們不遵守規定，就沒辦法保證你們的人身安全。」

他做了個手勢繼續說道：「現在你們跑來這裡編了一個瘋狂的故事，說有個人穿著黑色斗篷，還跑進下水道，眞是瘋狂……瘋狂的故事！」

我和艾迪互看一眼，我們知道這個人不可能會相信我們說的話。

「那我們要怎麼回飯店呢？」艾迪問，「我們的父母會很擔心的。」

我看了一下前面的街道，街道上看不到任何一輛車或巴士。

「你們身上有沒有錢？」警衛一邊問我們，一邊調整他的帽子。「那邊角落有個電話亭，我可以幫你們叫計程車。」

於是我把手伸進牛仔褲口袋，翻找著爸媽在我們上觀光巴士前給我們的沉重銅板。然後我如釋重負的深吸了一口氣。

「我們有錢。」我告訴警衛。

「你們至少得付十五到二十英鎊才能離開這裡。」警衛告訴我們。

「沒問題，」我回答，「爸媽有給我們錢，如果我們身上的錢不夠，他們會付給司機其餘的部分。」

他點點頭，轉身對艾迪說：「你看起來累壞了，小伙子。是不是在塔裡被嚇到啦？」

艾迪用力的嚥著口水。然後小聲的回答道：「我只想趕快回我們的飯店。」

警衛點點頭，把手插進他巨大外衣的口袋裡，領著我們往電話亭走去。

大約十分鐘後，一輛黑色計程車來到這裡。計程車司機是個蓄著一頭波浪狀金色長髮的年輕人。

「你們要到哪間飯店？」他從車窗探頭出來問我們。

「巴克雷飯店。」我告訴他。

接著艾迪和我爬進車子後座。計程車裡頭很溫暖，能夠坐下來的感覺真棒。

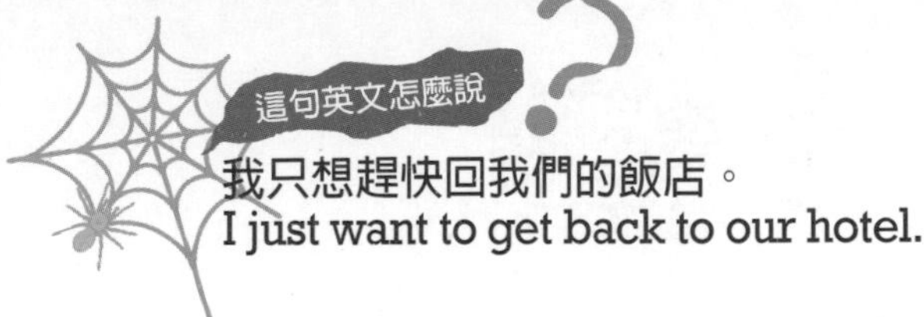

我只想趕快回我們的飯店。
I just want to get back to our hotel.

車子一路駛離恐怖塔，我頭都沒回一下，根本不想再看見那座古堡。

計程車在昏暗街道上順暢的行駛著，車上的里程表輕快的跳著，司機邊開車邊哼著歌。

我閉上雙眼，往後一倒，把頭靠在皮椅上，不想去思考剛剛在塔裡追趕我們的那個可怕傢伙，但我就是無法將他從腦海中趕走。

我們很快的來到了倫敦市中心區，街道上塞滿車子，我們一路行經五光十色的劇院和餐廳。

計程車終於抵達巴克雷飯店，緩緩在飯店大廳前停下來。

司機接著打開他身後的分隔窗，轉頭對著我說：「一共是十五鎊六十便士。」

艾迪坐了起來，露出一臉惺忪的表情。他眨了好幾次眼，一臉不相信我們已經抵達目的地的模樣。

我把口袋裡那堆又大又重的硬幣全部拿出來給司機看。

「我搞不清楚哪個是英鎊，哪個是便士，」我坦白告訴他，「你可以從這堆硬幣拿走實際的車資嗎？」

司機看了看我手中的硬幣，然後不屑的對我說：「那是什麼啊？」

「硬幣——錢啊！」我只能這樣回答，因爲實在不知道還能說什麼。「這些錢不夠付車資嗎？」

他又瞪了我一眼。「妳有沒有眞的錢啊？難不成妳眞要拿玩具硬幣來付車資？」

「我……我不懂你的意思。」我結結巴巴的回答，手發著抖，差點把硬幣散落一地。

「我也不懂，」司機諷刺的回答，「但是我很清楚那些硬幣不是眞的錢。小姐，我們這裡使用的是英鎊。」

司機臉上浮現惱怒的表情，從分隔窗瞪視著我。

「現在妳是要付英鎊給我，還是準備找我的麻煩？我要我的錢——現在！」

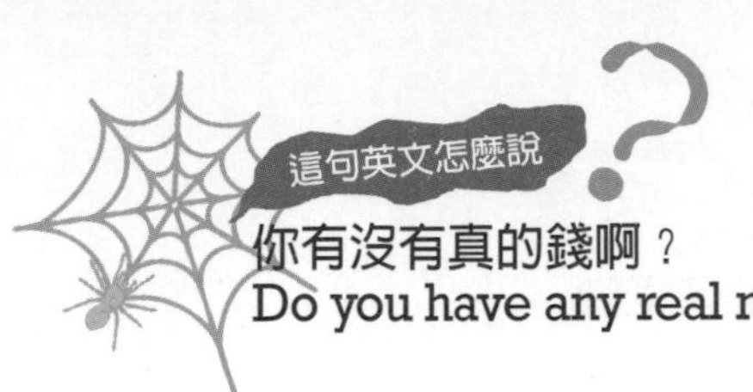

這句英文怎麼說

你有沒有真的錢啊？
Do you have any real money?

13.

我將那堆硬幣拿到面前查看一番，但計程車裡的光線很暗，實在很難看清楚。

這些硬幣又大又圓，而且很沉重，應該是用眞金或純銀鑄造的。但是光線太暗了，我看不到上頭寫了什麼字。

「爸媽爲什麼要給我玩具硬幣？」我問司機。

他聳聳肩說：「我又不認識妳爸媽。」

「嗯……他們會付給你十五鎊的。」我告訴他，並把那堆硬幣放回口袋裡。

「是十五鎊六十便士——還有小費！」司機一臉不悅的跟我說。「妳爸媽在哪裡？飯店裡頭嗎？」

我點點頭。「是的，他們參加在飯店裡舉行的一個會議。不過現在應該已經回房間了。我們上去叫他們下來付錢給你。」

「付眞的錢，拜託！」司機一邊轉動眼珠，一邊說。「如果他們在五分鐘內沒有下來付錢，我馬上會進去堵你們。」

「他們馬上就下來，我保證。」我說。

於是我打開車門，踉蹌的爬出計程車，艾迪則緊跟在後。

我們來到人行道上，他搖著頭嘀咕道：「眞是奇怪。」

穿著紅色制服的門僮幫我們打開飯店大門，我們急忙走進掛著巨大吊燈的大廳，發現幾乎所有人行走的方向都和我們相反。

他們大概要出去吃晚餐吧。

這時我的胃也發出咕嚕咕嚕的叫聲，才意識到自己簡直餓壞了。

艾迪和我經過長長的櫃檯，由於我們走得太快，差點撞上一名正推著堆滿行李的手推車服務生。

我聽到右手邊傳來飯店餐廳裡碗盤碰撞的響聲，剛烤好的麵包香味瀰漫在空

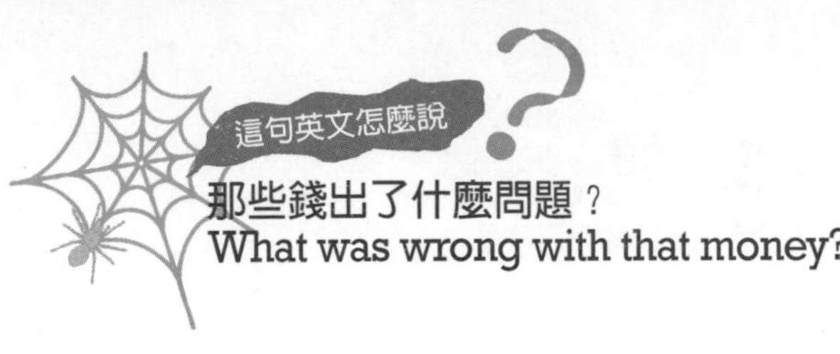

那些錢出了什麼問題？
What was wrong with that money?

氣中。

電梯門打開了，一位身穿皮草的紅髮女士牽著一隻看起來像玩具的白色貴賓狗。這時艾迪被狗繩絆住，我趕緊把他拉開，否則就搭不上電梯了。

我們手腳慌亂的進了電梯，電梯門關上，我按了六樓。

「那些錢出了什麼問題？」艾迪問我。

我一臉無奈的回答：「我不知道，我猜是爸搞錯了。」

電梯在六樓停住，門一打開，我們急忙並肩走過鋪著地毯的長通道，往我們的房間前進。

我在一個放在地上的客房服務餐盤旁徘徊著。有人把裝著一半三明治、一些水果盤的餐盤遺留在這兒。

我的胃又開始造反了，提醒我現在有多餓。

「到了。」艾迪跑到六二六號房的門口，敲門喊道：「嘿！媽、爸，是我們啦！」

「快開門呀！」我不耐煩的叫著。

艾迪又敲了一次門，這次稍微大聲一點。

「嘿——」我們把耳朵貼近房門，聆聽裡頭的聲音。

但裡頭靜悄悄的，一點聲響也沒有。

「嘿，你們在裡面嗎？」艾迪叫著，又敲起了門，「快點！是我們啊！」

接著他轉身，語帶抱怨的跟我說：「他們現在應該開完會了。」

我把手圈在嘴邊，朝著門裡喊，「媽！爸！你們在嗎？」

還是沒有回應。

艾迪垂下了肩膀，露出不悅的表情。「現在怎麼辦？」

「你們遇上麻煩了嗎？」突然出現一個女人的聲音。

我轉身看到一個飯店的女服務生。她身穿灰色制服，短而烏黑的頭髮上戴著一頂小白帽，正推著一部堆滿毛巾的手推車，在我跟艾迪對面停了下來。

「我們的爸媽還在開會，」我跟她說，「所以弟弟和我……被反鎖在外頭了。」

她打量了我們好一會兒，才放開手推車，拿出一大串鑰匙。

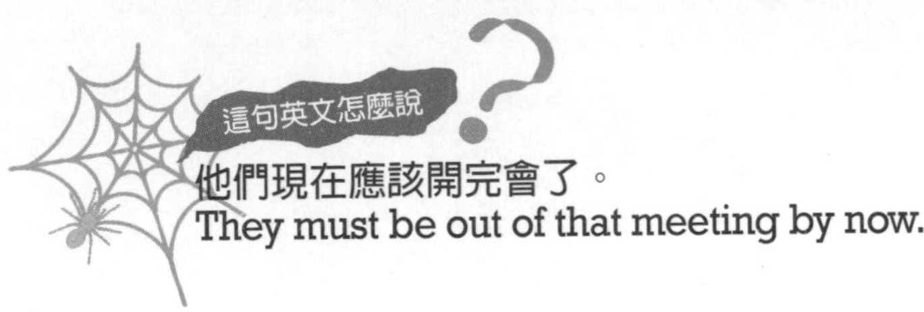

他們現在應該開完會了。
They must be out of that meeting by now.

「飯店規定是不可以這樣做的，」她一邊說，一邊撥弄著叮噹作響的大串鑰匙。「不過，我想幫小孩子開門進房去，應該沒有關係。」

她說著挑出其中一支鑰匙，插入門邊的鑰匙孔，轉了一下，再幫我們推開了門。

艾迪和我對她說聲謝謝，並說她是我們的救命恩人。她微笑的回到走道，繼續推著她的毛巾推車。

房間裡一片漆黑，我打開燈，和艾迪一起走了進去。

「爸媽不在，」我緩緩的說，「沒看到他們的蹤影。」

「也許有留下字條……」艾迪回應道，「或許他們得和一起開會的人出去，也可能他們現在正在餐廳等我們。」

我們的房間是套房，裡頭包括一間前廳和兩間臥室。

我打開燈光，朝角落的書桌走去。桌子中央放了一疊便條紙和筆，但便條紙乾乾淨淨的，上頭沒有任何留言。

床頭櫃上也沒有發現爸媽的留言紙條。

「這就怪了……」艾迪繼續嘀咕著。

我穿過前廳，走進他們的臥室，打開天花板的大燈四處巡視著。房內的床鋪十分整潔，一點皺摺都沒有；任何地方都沒發現留言，梳妝台上也空無一物，椅背上沒有掛著衣服，連開會用的公事包或記事本都沒看見，沒有任何跡象顯示有人曾在這個房間。

接著我轉過身，看到艾迪已經推開衣櫃門，把它們全部打開來。

「蘇，快看！」他大叫道，「一件衣服也沒有，爸媽的衣服……還有我們的衣服全部都不見了！」

霎時一股強烈的恐懼感從胃部猛然溢出，我整個人感到十分沉重。

「這裡到底發生了什麼事？」我不禁大叫出聲。

沒有任何跡象顯示有人曾在這個房間。
No sign that anyone had even been in the room.

14.

「他們不會就這樣離開了吧！」我驚叫著，並走到衣櫃旁查看，根本不知道自己期待能看到什麼。整個房間都是空的，衣櫃也完全淨空。

「妳確定我們沒走錯房間嗎？」艾迪問我。他拉開梳妝台最上面的抽屜，還是空的。

「我們當然沒走錯房間。」我不耐煩的回了他一句。

接著艾迪打開梳妝台所有的抽屜，也全部都是空的。

我們翻遍了房間裡的每一吋地方，依舊看不出爸媽曾待過這裡的跡象。

「我們最好去櫃檯問問，」我想了很久，建議道：「這樣我們就知道會議是在哪個房間舉行，再去那裡找爸媽。」

「我不敢相信他們居然還在開會，」艾迪邊嘀咕邊搖頭，「他們爲什麼要收拾好行李，拿走所有衣服、帶到會議室呢？」

「我相信爸媽會給我們一個好理由的。來吧，我們下樓。」

我和艾迪循著原路走回長廊，再搭電梯來到大廳。

我們發現飯店櫃檯前面擠滿了人，一個身材魁梧、穿著一件綠色褲裝的女人正在櫃檯前面憤怒的抱怨她的房間。

「你們說我的房間可以看到河景的……」她對著站在櫃檯後面、滿臉通紅的服務員大聲嚷嚷。「我現在就要有河景的房間！」

「但是，女士……」櫃檯人員回答：「本飯店並沒有位在河川附近，所以我們的客房都沒有河景。」

「我就是要有河景的房間！」女人堅持道，「而且這份東西上明明就有寫。」說完，她在櫃檯人員面前亮出一疊紙。

這場爭論持續了好幾分鐘，我很快便對此失去興趣，不禁想起爸媽。

不知道他們現在在哪裡……爲何連張紙條或留言都沒有留給我們？

本飯店並沒有位在河川附近。
The hotel is not located near the river.

十分鐘後，艾迪和我終於排到櫃檯服務。服務人員把幾張紙塞進資料夾裡，轉向我們，臉上照例帶著職業性的笑容。

「請問需要什麼服務？」

「我們在找我們的爸媽……」我一邊說，一邊把手肘擱在櫃檯上。「如果我沒記錯，他們正在開會……請問今天的會議在哪裡舉行？」

他看了我好一會兒，臉上露出茫然的表情，似乎完全聽不懂我所說的話。

「請問是什麼會議呢？」最後他這麼問道。

我努力的想了一下，但實在想不起會議名稱或討論議題是什麼。

「那是個規模很大的會議，」我不太確定的回答。「就是世界各地人士都來參加的那個。」

「嗯……」櫃檯人員抿起嘴唇，努力的想著。

「是個非常大的會議。」艾迪插嘴道。

「呃……這中間可能有誤會，」櫃檯人員皺著眉，搔了搔右耳，繼續說：「這個禮拜我們這裡並沒有舉行任何會議。」

這下換我盯著他看，我張大了嘴，想說些什麼，卻什麼也說不出來。

「沒有舉行會議？」艾迪虛弱的問。

「沒有。」櫃檯人員搖搖頭回答道。

這時，辦公室裡一位年輕小姐叫他過去，他跟我打了個手勢，表示他會再回來，便急忙進去辦公室，看看她需要什麼。

「我們來對飯店了嗎？」艾迪小聲問我，我瞧出他臉上因害怕而緊繃的表情。

「當然沒錯！」我篤定的回答。「你幹嘛一直問我這些蠢問題，我又不是白癡，爲什麼要一直問我是不是走對房間、是不是來對飯店？」

「因爲目前所發生的一切實在沒有道理。」他嘟著嘴說。

我想要回嘴，但是櫃檯人員已經回來了。

「可以告訴我你們的房間號碼嗎？」他一邊問，一邊搔著耳朵。

「六二六。」我回答。

他在電腦鍵盤上按了幾個鍵，瞇眼看著綠色的螢幕說：「抱歉，那個房間沒人住。」

可以告訴我你們的房間號碼嗎？
May I ask your room number?

「什麼？」我不禁大叫。

櫃檯人員瞇著眼睛打量我。「目前並沒有人住進六二六號房。」他又說了一遍。

「有啊，就是我們！」艾迪跟著大喊。

櫃檯人員勉強擠出笑容，舉起雙手，好似在說：「請各位保持冷靜。」

「我們會負責找尋你們的父母，」他揚起一抹僵硬的笑容告訴我們，又敲了幾個鍵，「好的，請問妳貴姓？」

我張嘴想要回答，但是卻說不出來。

我看看艾迪，他正皺著眉頭，專心的想著。

「請問貴姓？孩子們，」櫃檯人員重複問道，「如果你們的父母在這裡，我們一定可以幫忙搜尋，但是我需要知道你們的姓名。」

我腦子一片空白的望著他。

突然間，一個怪異且令人激動的感覺自後腦勺蔓延到全身，我覺得好像無法呼吸，心臟彷彿要停止跳動似的。

我姓什麼？到底姓什麼？

我怎麼會不記得自己姓什麼呢？

我感覺到身體搖晃了起來，眼淚就要奪眶而出。

這眞是令人感到煩躁不安。

我的名字是蘇，蘇……什麼蘇呢？

我搖搖頭，眼淚滑落臉頰，摟住艾迪的肩膀問道：「艾迪，我們姓什麼？」

「我……我也不知道。」艾迪嗚咽著回答。

「噢，艾迪……」我把弟弟拉過來，緊緊摟著他。「我們是怎麼了？到底發生了什麼事？」

15.

「我們得保持冷靜，」我告訴弟弟，「只要深呼吸、放輕鬆，一定可以想起來的。」

「妳說的對。」艾迪回答，但語氣還是有些不確定。他直視前方，咬緊牙關，不讓自己哭出來。

幾分鐘後，櫃檯人員建議我們先在飯店餐廳吃點東西，還答應我們他會盡量幫我們找尋父母。

這個建議實在是太棒了，因爲我們倆快餓扁了。

於是我們就在餐廳最後面一張小桌邊吃東西。我四處張望這間寬敞、裝潢高雅的餐廳，吊掛在上方的水晶燈將佈置講究的餐廳照耀得金光閃閃，在可以一覽餐廳全景的露台上，一組弦樂四重奏正在演奏古典音樂。

艾迪緊張的把雙手貼在白色桌巾上，我則把玩著銀製餐具，餐具因此掉到地上。四周人們的笑聲不斷，大家看起來心情都很好。隔壁桌有三個穿著十分體面的孩子，正以法文唱歌給他們愉快的父母聽。

這時艾迪從桌子另一邊靠過來，小聲對我說：「我們等一下要拿什麼付錢啊？我們手上的錢又不能用。」

「我們可以記在房間的帳上，等到搞清楚我們住在哪間房就行了。」

艾迪點點頭，一臉無精打采的坐回他的高背椅。

接著一個身穿燕尾服的服務生走到我們的桌子前，對著艾迪和我微笑。

「歡迎光臨巴克雷飯店，」他說，「今晚你們想點些什麼呢？」

「我們可以看看菜單嗎？」我問。

「目前還沒供應餐點，」服務生回答，臉上仍帶著微笑。「現在是午茶時間。」

「只有茶？」艾迪聽了不禁大叫，「沒有其他吃的？」

服務生偷偷笑了一下，說：「我們的午茶包含三明治、英式鬆餅、可頌麵包，

目前還沒供應餐點。
There is no menu right now.

還有什錦酥皮點心。」

「好吧，我們就點這個。」我告訴他。

服務生迅速的點點頭，轉身走向廚房。

「至少我們可以先吃點東西了。」我低聲說道。

然而艾迪似乎沒聽見我的話，他一直看著餐廳前方的通道，我知道他正在搜尋爸媽的蹤影。

「爲什麼我們不記得自己姓什麼？」他悶悶不樂的問道。

「我也不知道，」我自己也感到十分疑惑。「我眞的被搞糊塗了……」

每當我想起這件事，就會感到一陣暈眩。我一直努力告訴自己這只是餓過頭的生理反應，等吃過一些東西後就會想起來的。

不一會兒，服務生端上一盤切成三角形的小型三明治，我瞧出其中有蛋沙拉和鮪魚口味的，但其他就不曉得了。

不過艾迪跟我已經管不了那麼多了，服務生才剛放下餐盤，我們倆馬上狼吞虎嚥了起來。我們還喝了兩杯茶；接下來的餐點是英式鬆餅和可頌麵包，兩人拿起奶油和草莓果醬配著猛吃，好像好幾天沒吃過東西似的。

「如果我們跟前面那桌客人描述爸媽的長相，或許他可以幫我們找找看。」艾迪建議道，並搶在我之前拿走最後一塊可頌麵包。

「好主意。」我說。

突然我覺得有些上氣不接下氣，又是一陣暈眩的感覺。

「可是艾迪……」我說，「我記不起爸媽的長相了！」

他一聽，手上的可頌麵包頓時掉了下來。

「我也記不起來……」他低頭小聲的說，「這簡直太不可思議了，蘇！」

我趕忙閉上眼睛。

「噓，試著在腦海中拼湊他們的長相，」我急忙說道，「努力趕走其他雜念，專心在腦中回憶他們的長相。」

「我……我沒辦法，」艾迪結結巴巴的說，「一切都不對勁了，蘇，我們倆到底是哪根筋不對了！」我從他高分貝的聲音中聽出他的恐慌。

我用力嚥了口口水，睜開雙眼，我也無法拼湊出爸媽的長相。

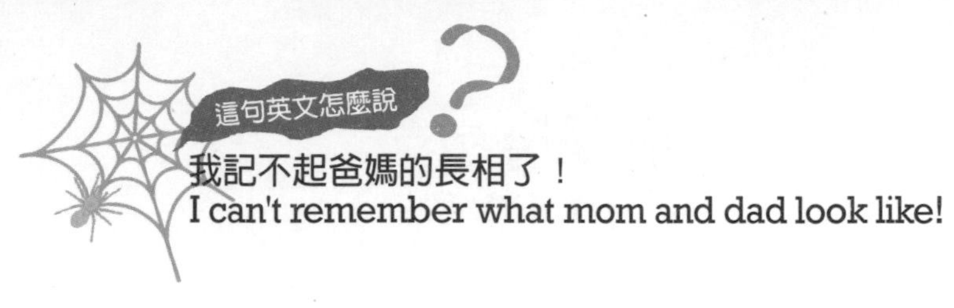

我努力回想關於媽媽的一切——她是金髮嗎？還是紅髮，或者是黑髮？她長得高或矮？是胖還是瘦？

可是我完全想不起來。

「那我們住在哪裡？」艾迪嗚咽著問道，「我們是住在一棟房子裡嗎？我想不起來，蘇，我一點都記不起來了……」

他的說話聲變得支離破碎，我知道他再也忍不住眼眶中的淚水了。

驚慌的感覺讓我感到窒息、無法呼吸，只能盯著艾迪，卻說不出話來。

何況就算說得出話，我又能說什麼呢？

此刻我的腦袋就像龍捲風一般瘋狂的旋轉著。

「我們已經失去記憶了……」我勉強擠出話來。「至少是失掉部分的記憶。」

「怎麼會呢？」艾迪顫聲問道，「這種事情怎麼會發生在我們身上！」

我用手緊緊抱住膝蓋，雙手就跟冰塊一樣冷。

「至少我們還記得一些事情。」我盡力忍住，不讓自己完全崩潰。

「我們還記得自己的名字，」艾迪回答，「但不記得姓氏，那我們還記得什麼呢？」

「我們記得房間號碼是六二六。」我說。

「但是櫃檯人員說我們不住那個房間！」艾迪高聲說道。

「還有，我們記得自己爲什麼來倫敦，」我繼續說，「因爲爸媽來這裡參加一個很重要的會議。」

「但是飯店裡並沒有舉行會議啊！」艾迪大聲抗議，「我們的記憶是錯誤的，蘇，全部都是錯的！」

我堅持繼續搜尋我們還記得的事情。我想，如果可以把我們還記得的事情列出來，就不會對忘掉的事情那麼耿耿於懷了。

儘管這樣的想法不切實際，但我們實在沒有別的辦法了。

「我記得今天參加的旅遊團，今天參觀倫敦的每一個地方，還記得史塔克斯先生，我記得……」

「那昨天呢？」艾迪打斷我的話，「昨天妳做了些什麼？蘇。」

我想要回答，話卻卡在喉嚨裡出不來。

我連昨天都不記得了！

還有前天、大前天……

「噢，艾迪……」我一邊嗚咽，一邊用手托住臉頰，「這一切確實太不對勁了！」

但艾迪似乎沒聽見我的話，他的視線已經定在餐廳前方。

我順著他的視線望去——只見一名身形修長的金髮男子走了進來。

是計程車司機！

我們已經完全忘記他了……

16.

我霎時從座位上跳了起來，餐巾自膝蓋掉落到鞋子上。
我把餐巾踢開，俯身拉著艾迪的手臂。
「快，我們趕快離開這裡。」
艾迪一臉茫然的望著我，又回頭看了看計程車司機。
司機已經在餐廳入口停下腳步，正搜尋著每一張餐桌的客人。
「快點，」我低聲對艾迪說，「他還沒看見我們。」
「也許我們應該跟他解釋……」艾迪說。
「解釋什麼？」我無力的回道，「告訴他我們沒辦法付錢給他，因為我們失去記憶，不記得自己姓什麼了？我不認為他會相信這樣的說詞，你認為呢？」

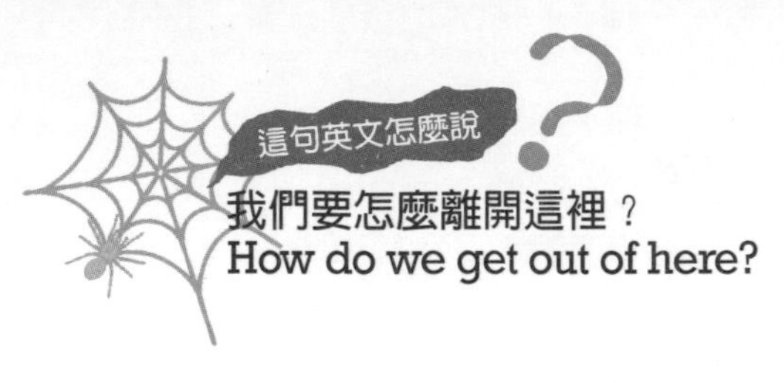

我們要怎麼離開這裡？
How do we get out of here?

艾迪一聽，皺了皺眉問：「好吧，那我們要怎麼離開這裡？」

前門已經被計程車司機擋住，我瞧見後面的玻璃門距離我們的桌子不遠。

那個門前有一道薄薄的白色簾幕遮住，上面還有個小小的標示寫著：請勿開啓。但是我管不了那麼多了，艾迪和我根本沒有其他的選擇，我們得趕緊離開這裡。

我抓住門上的圓形把手把門拉開，艾迪和我迅速的穿過，再把門帶上。

「他應該沒看到我們，」我小聲說，「現在安全啦。」

我們轉過身來，發現這個門後是一道又長又黑的通道。我想這一定是飯店員工專用的走道，因爲通道上並沒有鋪設地毯，通道的牆壁上沾了很多髒污，而且沒有油漆過。

接著我們看到一個轉角，我舉起手，示意艾迪停下來。

我們專注的聆聽著腳步聲。

難道計程車司機看到我們走進這裡？他已經追上來了嗎？

我的心臟怦怦直跳，很難留心傾聽其他的聲響。

「這眞是恐怖的一天！」我不由得悲嘆道。

然而，更恐怖的事情還在後頭呢！

一個穿著黑色斗篷的人猛然從轉角處站了出來。

「你們眞以爲我不會追過來嗎？」他說，「你們眞的認爲可以逃出我的手掌心嗎？」

你們真以為我不會追過來嗎？
Did you really think I wouldn't follow you?

17.

他迅速往前移動，臉部隱藏在晦暗的陰影中。

艾迪和我被困住了，我們只能慌亂的靠著玻璃門。

穿著斗篷的男人越走越近，我們終於看清楚他的身形。他的眼睛非常深邃且冷漠，還不停發出瘋狂的咆哮聲。

他在艾迪面前伸出了手掌，命令道：「還給我。」

艾迪露出驚訝的眼神。

「啊？還給你什麼？」

斗篷男繼續伸著他的手掌，放在艾迪面前大吼道：「現在就還給我，別跟我耍花樣！」

這時，艾迪臉上的驚訝神情有些轉變，他望著我，再轉身面向斗篷男說：「如果我還給你，你可以放我們走嗎？」

我完全被搞糊塗了。

還什麼東西啊？

艾迪究竟在說些什麼？

斗篷男發出一聲短促的乾笑，聽起來其實更像是咳嗽。

「你敢跟我討價還價？」他問艾迪。

「艾迪，他在說什麼啊？」我忍不住大叫道。

但艾迪並沒有回答我，他的眼睛始終盯著這個臉孔藏在黑影裡、身穿斗篷的男人。

「如果我還給你，你可以放我們走嗎？」

「快還給我——現在！」斗篷男厲聲說道，朝艾迪更靠近一步。

艾迪嘆了口氣，把手伸進褲袋裡。令我驚訝的是，他竟然拿出了三顆圓滑的白色石頭。

我這高明的扒手弟弟竟然再次出招。

「艾迪——你是什麼時候扒走的？」我驚叫道。

「在下水道，當他抓住我的時候。」

「但是爲什麼……」我接著問道。

艾迪聳聳肩說：「我也不知道，這些石頭對他來說似乎很重要，所以我想……」

「它們的確很重要！」斗篷男咆哮道，接著從艾迪手中奪走那三顆石頭。

「現在你可以放我們走了嗎？」艾迪大喊。

「是的，我們可以走了。」那人回答，但是注意力全放在那三顆石頭上。

「那並不是我所要求的！」艾迪抗議著，「你可以讓我們走了嗎？」

斗篷男不理他，只是把石頭一顆顆的疊放在手掌上，口中念念有詞，聽起來像是一種我聽不懂的外國話。

當他重複念著這些話語時，通道突然發出閃光，玻璃門漸漸扭曲變形，就好像是用橡膠做的一樣，而地板也逐漸隆起、傾斜。

斗篷男也跟著發光、扭曲。

整個通道隨著一道刺眼的白光震動起來。

突然間，我感到一陣尖銳的刺痛，好像胃部遭到重擊一般。

我無法呼吸，眼前陷入一片黑暗……

一道閃爍的橘色光線自黑暗中射出。
Flickering orange light broke the darkness.

18.

一道閃爍的橘色光線自黑暗中射出。

我張開眼睛，用力眨了眨眼，做了個深呼吸。

沒想到斗篷男竟然不見了！

「艾迪，你還好嗎？」我顫抖著聲音問。

「嗯……還好。」艾迪結結巴巴的說。

我看了一下長長的通道，驚訝的發現光線來自閃爍的燭光，每一個門邊的燭臺上都插著蠟燭。

「蘇，我們怎麼來到這個地方的？」艾迪輕聲問。「穿斗篷的人跑哪裡去了？」

「不知道，我跟妳一樣搞不清楚狀況。」

我們沿著閃爍的燭光向前走。

「這裡應該是飯店老舊的建築部分吧，」我猜測道，「他們一定是刻意把這裡弄成復古的模樣。」

我們經過一道又一道的門，長而窄的通道非常安靜，唯一的聲響是我們鞋子摩擦硬木地板的聲音；而那些門全都關著，沒有任何人跡。

閃爍的燭光、黑暗的走道，還有詭異的寧靜氣氛——讓我們莫名感到寒冷而刺痛，我忍不住發起抖來。

我和艾迪繼續藉著昏暗的橘色光線往前走。

「我……我想回餐廳，」當我們遇到另一個轉角時，艾迪吞吞吐吐的說。「也許媽和爸已經回飯店，正在那裡等我們。」

「也許吧。」我語帶懷疑的說。

沒多久，我們又來到另一個靜悄悄的走道，走道上閃爍飛舞的燭光讓人感覺毛骨悚然，我不禁喃喃道：「附近應該有電梯才對。」

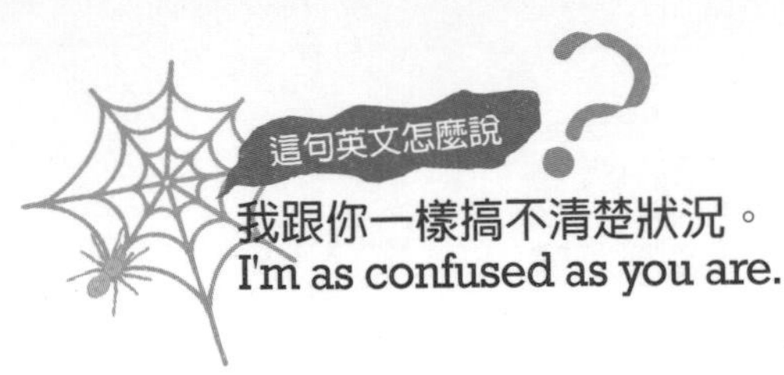

我跟你一樣搞不清楚狀況。
I'm as confused as you are.

但我們舉目所及，仍舊只有黑暗中關起來的門。

當我們走過另一個轉角時，差點就撞上一群人。

「噢！」我大叫一聲。在這空無一人的長廊能碰上其他人，還眞的讓我嚇了一大跳。

我仔細端詳這些從身邊經過的人，他們身穿長袍，臉部全都隱藏在深色的遮風帽下，實在無法分辨他們是男是女。

他們安靜的走著，始終不吭一聲，也完全沒注意到我和艾迪的存在。

「呃……您可以告訴我們電梯在哪裡嗎？」艾迪在後面出聲問道。

但是他們沒有人回頭，也沒有人回應。

「先生？」艾迪追在他們後面大聲說：「拜託，請問你有看到電梯嗎？」

其中一人轉過身來面向艾迪，其他人則繼續安靜的往同一個方向走，身上的長袍在風中輕柔的飄飛著。

我跟上艾迪，站在他身旁面對這個穿長袍的人，看出他藏在帽子下的臉——是一個有著白眉毛的老先生。

他先凝視著艾迪，再看著我，眼睛很黑而且濕潤，表情滿是哀傷。

「我能嗅到你們身邊的邪惡氣息。」他小聲說道，聲音非常沙啞。

「什麼？」我大喊，「我弟弟和我……」

「不要離開這座寺院，」老先生指示我們，「我能嗅到你們身邊的邪惡氣息，你們的大限就要到了。很快的，就要到了……」

19.

「什麼寺院？」我問。「您爲什麼這麼說？」

老人並沒有回答。燭光映照在他濕潤的眼睛上，他神情莊嚴的跟我們點點頭後，便轉身離開，安靜的跟在其他人後面，長袍下襬在地板上拖著。

「他說那些話是什麼意思？」戴著遮風帽的老人消失在轉角處後，艾迪問我。「他爲什麼要嚇唬我們？」

我搖搖頭。「這一定是某種玩笑之類的，」我回答他，「他們可能要去參加宴會或什麼的吧。」

艾迪皺著眉沉思著。「他們看起來怪恐怖的，蘇，我覺得他們不像是要去參加宴會的樣子。」

我嘆了口氣，對他說，「我們還是快找電梯離開這裡吧，我不太喜歡這家飯店的老舊建築，實在太暗，而且有些嚇人。」

「嘿，我才是被嚇到的人，」艾迪一邊說，一邊跟著我繼續走，「妳應該是比較勇敢的那個，記得嗎？」

我們倆漫不經心的經過一個個只有燭光照射的通道，而且越來越有迷路的感覺。一路上，我們都找不到電梯、樓梯，或是任何一個像出口的地方。

「我們要這樣一直走下去嗎？」艾迪發起牢騷，「一定有其他方法可以離開這裡，對不對？」

「我們回頭好了，那個計程車司機應該已經走掉了，不如我們順著原路走回去，再從餐廳離開。」

艾迪伸手撥開額前的深色頭髮，喃喃回道：「好主意。」

於是我們轉身往反方向走，這樣比較容易維持正確方向，只要沿著通道一直往左走就行了。

我們倆走得很快，彼此沒有交談。

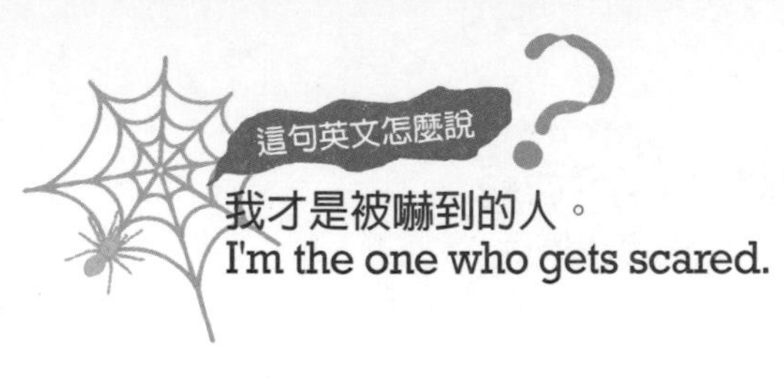

我才是被嚇到的人。
I'm the one who gets scared.

當我們往回走時，我想要記起我們到底姓什麼，想著爸媽，努力要想起他們的長相，或是回憶有關他們的事情。

失去記憶實在是一件很可怕的事，比有人在後面追趕你還要可怕。因爲問題就出在自己的腦袋，你根本沒辦法逃離、沒辦法躲避，而且又無法解決它，只能感受到前所未有的無助感。

我現在唯一希望的是，媽和爸正在門的另一端等著我們，這樣他們就可以跟我們解釋——我們的記憶到底出了什麼差錯。

「噢，不！」艾迪突然大叫，硬生生將我從思緒中拉回現實。

原來我們已經走到通道的盡頭——我們應該看到一道圍著簾幕的玻璃門，而門的另一邊是餐廳。

但是眼前並沒有門，沒有通往餐廳的門——完全沒有！

艾迪和我看到的是一道堅硬的牆……

20.

「不！」艾迪忍不住哀號，用拳頭瘋狂的敲打著牆。「放我們出去，放我們出去！」

我用力把他拉開。「我們一定走錯通道了，」我告訴他。「一定是轉錯彎了。」

「不，」他抗議道，「我確定就是這個通道沒錯。」

「那餐廳跑哪裡去了？」我反問他。「他們總不可能趁我們走進來之後，就把門封起來吧！」

他看著我，顫抖著下巴，深邃的眼眸透著恐懼的神色。

「我們再往前走的話，到底有沒有可能出去？」他消極的問著。

眼前出現的並非我們剛剛用過茶點的餐廳。
This was not the hotel restaurant we had our tea in.

「可以的，」我篤定的回答。「只要我們找到通往外面的門，不過到目前為止……」

我突然聽到一些聲音，馬上停了下來。

我轉過身，看見一道狹窄的通道通往我們的右手邊，而人聲和笑聲似乎就從剛才我沒注意到的走廊傳過來的。

「餐廳應該是在那一頭，」我告訴艾迪。「我們只要再經過一個轉角，不要一分鐘就可以到外頭了。」

艾迪這才稍微釋懷。

當我們越接近狹窄的走廊，人聲和笑聲就越來越大。在走道盡頭的出口，明亮的黃色光線從另一頭照射過來。

就在我們通過出口之際，卻因眼前的景象而驚訝的放聲大叫——眼前出現的並非我們剛剛用過茶點的餐廳。

我滿臉震驚的看著眼前這個巨大的空間，並緊緊抓住艾迪的手臂。房裡唯一的光線是來自兩個燃燒中的壁爐，裡頭的人們身穿奇怪的服裝，圍坐在木桌旁的長板凳上。

房間中央有一整隻鹿還是麋鹿之類的動物被架在烤肉架上，在火堆上不停的旋轉著。

桌上堆滿了食物——肉類、整株整株的甘藍菜，還有綠色蔬菜、水果、馬鈴薯，以及一些我認不出來的食物。

我沒看到任何碟子或圓盤，食物就隨意散放在長桌上，人們直接用手取食。

他們嘈雜的用餐，又笑又唱的大聲喧嘩著，並用金屬製的酒杯大口喝酒，還興高采烈的互相敬著酒，把酒杯用力往桌上敲。

「他們全都用手抓取食物。」艾迪驚呼道。

他說的沒錯，我也沒看到桌上有任何餐具。

兩隻雞咕咕亂叫、振翅飛過地面，被後頭一隻大棕狗追趕著；還有一個女人膝上坐著兩名嬰兒，但她逕自咬下一大塊肉，完全忽略嬰兒的存在。

「這一定是個化裝宴會，」我小聲跟艾迪說，兩人不敢離開門邊半步。「這裡一定是剛剛那些寺院裡的人的目的地。」

他們的口音太奇怪了。
Their accents are too weird.

我驚訝的看著房裡的一切，人們穿著各式各樣、五彩繽紛的服裝，長袍有點像是睡衣，以及藍色、綠色的寬鬆外衣，黑色緊身衣外頭還套著皮製背心。雖然裡頭的火爐散發出陣陣熱氣，但許多男人、女人肩上仍披著動物的皮毛。

另一角落有個人，他好像穿著整隻熊皮，站在一個巨大的木製酒桶旁。他打開栓頭，讓木桶流出的棕色濃稠液體注入手上的金屬杯裡。

兩個衣著破爛的小孩正在長桌底下玩捉迷藏，另一個身穿綠色緊身衣的小孩則追趕著一隻啼叫不已的雞。

「好棒的宴會呀！」艾迪低聲說道。「這些又是什麼人？」

我聳聳肩，對他說，「你考倒我了，我聽不出他們在講些什麼。你聽出來了嗎？」

艾迪搖了搖頭。「他們的口音太奇怪了。」

「不過也許裡頭有人可以告訴我們怎麼走到外面。」我提議道。

「那就試試看吧。」艾迪懇求我。

於是我走在前面，進入房間。儘管我走得很慢、很小心，還是差點踩到一隻正在睡覺的獵犬。

艾迪緊跟在我身後，我們走到正在旋轉烤肉架的人面前，他身上只穿著一條棕色粗布做的及膝褲，額頭和上半身滿是汗水。

「先生，請問一下……」我出聲問道。

他的眼睛睜得老大，一臉驚訝的看著我。

「請問一下，」我又說了一遍，「您可以告訴我們怎麼離開這間飯店嗎？」

他還是看著我沒有回答，表情好似以前從未看過一個身穿T恤和牛仔褲的十二歲女孩。

這時，有兩個穿著灰色洋裝的小女孩從另一邊走向我和艾迪，她們同樣以驚訝的表情看著我們，一頭雜亂的金髮隨意的綁在後面，看起來好像出生至今都沒梳過頭似的。

她們手指著我們，發出咯咯的笑聲。

突然間，我發覺整個房間陷入一片鴉雀無聲的狀態，就像有人轉動音量鈕，把聲音關掉一樣。

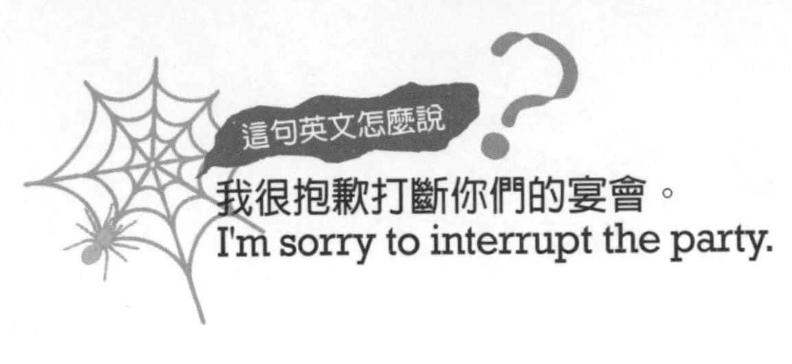

我的心臟怦怦直跳，烤鹿肉的腥味嗆得我無法呼吸。

當我轉過身，發現房裡每個人都張大嘴巴，表情納悶、不吭一聲的看著我和艾迪。

「我……我很抱歉打斷了你們的宴會……」我結結巴巴的怯聲說道。

突然間，他們全都站了起來，還發出嘈雜的聲響，食物掉落一地，我不由得發出一聲驚叫。

對著我們指指點點及發出咯咯笑聲的小孩越來越多，此刻似乎連雞隻都停止鳴叫和奔跑。

緊接著，一個身形巨大、滿臉通紅、穿著白色長袍的人舉起手指著我和艾迪，大聲咆哮道：「是他們！就是他們——」

21.

「他們認識我們？」艾迪小聲對我說。

我和艾迪反過來瞪視著他們，頓時每個人似乎都定在原地不動，轉烤肉架的人也停止旋轉，整間食堂裡只有兩個火爐燃燒所發出的爆裂聲。

穿白袍的人慢慢放下手，臉部轉爲腥紅色，但依舊驚訝的看著我們。

「我們只是想離開這裡……」我的聲音聽起來細小而尖銳。

房內還是沒有任何動作，也沒有人回應。

我深呼吸了一下，再說一遍：「有誰可以幫助我們嗎？」

仍然安靜無聲。

這些奇怪的人是誰？他們爲什麼那樣盯著我們看？爲什麼不回話？

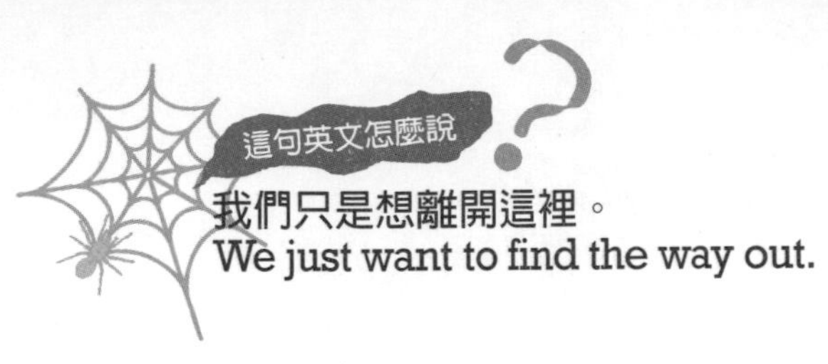

這時，他們緩緩靠近艾迪跟我，我們往後退了一步，他們之中有人興奮的小聲交談、互相嘀咕著，還不斷做著手勢。

「艾迪，我們最好離開這裡。」我低聲說道。

雖然我聽不見他們在說些什麼，但實在不喜歡他們臉上露出的興奮表情，更不喜歡他們沿著牆壁靠過來，想要走到後面包圍住我們。

「艾迪——快跑！」我放聲大叫。

在他們發出憤怒喊叫的同時，我們轉身就往入口的方向飛奔，身後傳來狗吠聲，小孩跟著大哭起來。

我們沒命似的往黑暗通道裡逃，不停奔跑著。

我一邊跑，一邊感覺到臉上的熱氣，還聞得到烤鹿肉的嗆鼻腥味。

他們興奮且憤怒的叫聲緊跟著我們，傳遍漫長的通道。我喘著氣回頭看，以爲會看到他們在後頭追趕著。

但是，通道是空的。

我們轉個彎繼續向前跑，閃爍的燭光在兩側照耀著，腳下的地板發出吱吱聲響。

令人毛骨悚然的昏暗光線，遠在我們身後的聲響，像永無止盡的隧道般的通道……這一切在在讓我感覺自己宛如置身在夢境裡。

我們又轉了個彎，繼續向前奔跑，途中迷濛的燭光模糊了我的視線。

這感覺就像漂浮過一朵橘色烏雲一般。

這些空無一物的燭光通道到底有沒有盡頭？

當我和艾迪看到眼前出現一道門時，不禁興奮的叫了起來。

是一道我們之前從沒看過的門。

這一定可以通到外頭！

我這樣告訴自己。

於是我們快步走到門邊，絲毫沒有慢下腳步。

接著我伸出雙手用力的推。

門被推開了，眼前霎時出現了刺眼的陽光。

是外面！

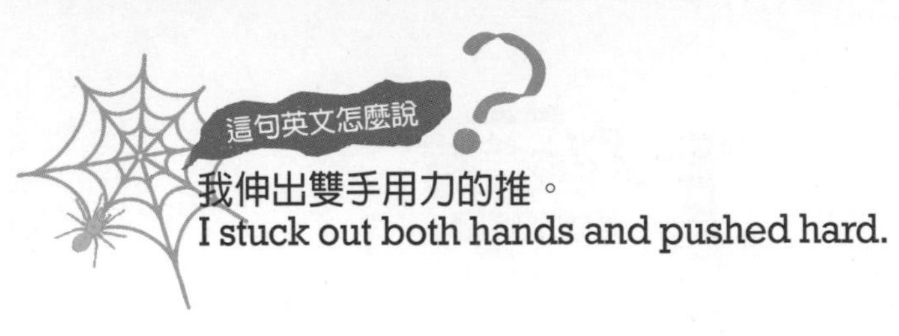

我伸出雙手用力的推。
I stuck out both hands and pushed hard.

我們終於逃離有如黑暗迷宮般的飯店長廊！

由於陽光太過刺眼，我感到有些昏眩，幾秒鐘之後視線才逐漸恢復。

我眨了好幾次眼睛，仔細查看眼前的街道。

「噢，不！」我大聲叫著，並抓住弟弟的手臂。

「艾迪——這到底發生了什麼事？」

22.

「現、現在……是白天！」艾迪結結巴巴的說。

刺眼的陽光並非是唯一讓我們感到訝異的，而是——眼前的景物全都變了！

感覺就好像在看電影一樣，所有的佈景全部改變了，瞬間就來到隔天——或者是下個星期——眼前是個完全不同的地方。

我知道從艾迪和我衝出飯店到現在只有幾秒鐘的時間，但就在這短短的時間裡，所有的東西都變了。

我們緊緊抱在一塊兒，慌張的四處張望——沒有汽車、沒有巴士，馬路也不見了，取而代之的是一條用泥土鋪成、凹凸不平的道路。

高聳的建築物消失不見了，路旁只有零星幾間漆成白色的平頂農舍，和一些

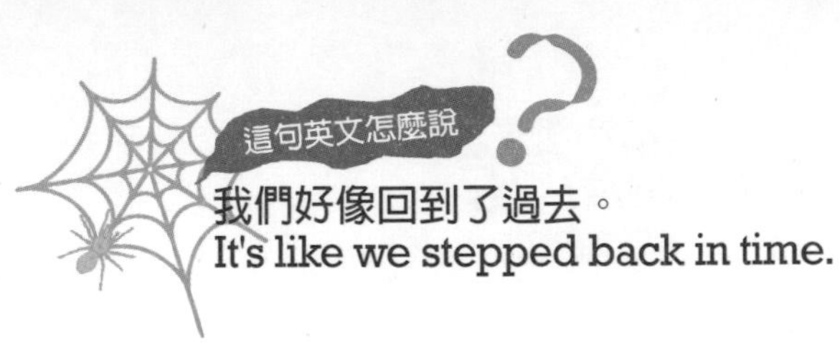

沒有門或窗的簡陋小木屋。

在最靠近我們的農舍旁有一堆堆得老高的稻草堆，對街有幾隻或站或走、不時發出咕咕聲的雞正在啄食，一隻棕毛公雞則從稻草堆後面探出頭來。

「發生了什麼事？」艾迪問我。「我們到底在哪裡？」

「我們好像回到了過去……」我壓低聲音回答。「艾迪，你看看這些人。」

剛好有兩個人從我們身旁走過，他們背著整串細長、銀色的魚，蓄著長長的山羊鬍，頂著完全沒梳理過的亂髮。他們穿著寬鬆的灰色工作服，衣服顯然是太長了，還拖到了地上。

另外有兩個女人身穿棕色的及膝長套裝，手上拿著根莖類蔬菜；還有一個人在跟兩個女人說話，他手上牽著一匹瘦巴巴、肋骨清晰可見的馬。

「他們看起來很像剛剛飯店裡開宴會的那群人。」我告訴艾迪。

一想到飯店，我不由得轉過身來。

「噢，不——」我捉住艾迪，將他的身體轉過來。

飯店不見了！

原本應該是飯店的地方，現在變成一棟用棕色石頭砌成、看起來像是一家旅店或會議廳之類的寬矮建築物。

「這下我更迷糊了……」艾迪喃喃自語的發起牢騷。

在強烈陽光的照射下，艾迪顯得異常蒼白。

他搔了搔深棕色頭髮說：「蘇，我們得回飯店去，我……我眞的被搞糊塗了。」

「我也是。」我承認道。

我在泥土路上走了幾步，心想之前一定下過雨，因爲路走起來軟軟的，顯得十分泥濘。

我還聽到附近有牛在哞哞叫。

這可是倫敦市中心耶！我怎麼可能在倫敦市中心聽到牛叫聲？市中心那些高大的建築物跑哪兒去了？私家車、計程車，還有雙層巴士呢？

就在這時，我聽到有人在吹口哨——原來是個身穿黑棕兩色破布織成的外衣、一頭金髮的小男孩，他從一棟寬矮建築物旁出現，手裡抱著一整綑木棍。

男孩看起來跟我差不多年紀，我想走到他那邊去，可是鞋子居然陷進泥土裡。

「嘿，」我喊一聲，「你好！」

他從那綑木棍中抬起眼睛，很驚訝的看著我。他的藍色眼珠睜得老大，頭髮很長卻沒有梳理；風吹過來，頭髮便在他肩上飛舞著。

「日安，小姐。」男孩的口音很奇怪，我差點聽不出他在說什麼。

「你好……」我不太確定的回答。

「妳是來這裡旅行的嗎？」男孩一邊問我，一邊把懷裡那綑木棍放在肩上。

「是的，」我回答。「但是我弟弟和我迷路了，我們找不到我們下榻的飯店。」

他瞇起眼睛看著我，像是正在努力思考。

「我們住的飯店……」我又說了一次。「你知道飯店在哪裡嗎？巴克雷飯店？」

「巴克雷？」他重複我的話。「飯店？」

「是的。」我等他回答。他卻只是盯著我看，不時瞇起藍色眼睛皺起眉頭。

「我聽不懂那些外國話。」他終於出聲說道。

「飯店？」我不耐煩的大叫。「就是旅行的人住的地方呀——」

「很多人是住在寺院裡。」他回答，手指著我們身後那棟寬大的低矮建築。

「不是，我的意思是……」我感覺得出他完全聽不懂我在問什麼。

「我得把這些木頭拿回家。」男孩說。他點點頭示意要離開，把肩上的木頭放回手上，繼續朝同一個方向走去。

「艾迪，那個男孩……他居然不知道飯店是什麼東西，你相信嗎？」

我轉過身叫道：「艾迪？」

但是——艾迪不見了！

23.

「艾迪？艾迪……」

我不停呼喊著弟弟的名字，聲音越來越尖銳，內心也越來越恐懼。

他到底跑哪裡去了？

「嘿——艾迪！」我大叫。

這時，兩名正在摘採蔬菜的女人望向這邊。

「請問妳們有看到我弟弟跑去哪裡嗎？」我問她們。

女人們搖搖頭，繼續她們的工作。

「噢！」

突然間，一頭氣喘吁吁的公牛拉著拖車快速經過，我得跳離路面才能閃過。

拖車上有一位光著上身的胖男人，臃腫的身軀被太陽曬得黑黑的。他一邊揮舞手中的韁繩來駕馭公牛，一邊大吼，催促牛再跑快一點。

牛車一路奔馳過來，輪子深陷進泥濘裡，在路面上弄出很深的痕跡。咕咕叫的雞隻紛紛閃避開來，但那兩個女人倒是連頭都沒回一下。

我轉身來到寺院入口。

「艾迪，你跑進寺院了嗎？」

我拉開門往裡頭瞧，看見長長的燭光門廳裡，一群戴著遮風帽、身穿長袍的人正往門邊集合。

我們才剛從那裡過來呢——我在關上門時這麼告訴自己，因此艾迪不會跑進裡面才對。

可是他到底跑哪兒去了？

他怎麼可以就這樣跑掉，把我丟在這裡？他怎麼可以就這樣消失了？

我繼續呼喊他的名字，直到喉嚨緊縮、嘴巴乾得跟棉花似的。

「艾迪？」我的聲音變得十分微弱。

他怎麼可以就這樣跑掉，把我丟在這裡？
How could he run off and leave me here?

我走到旁邊第一間農舍時，雙腳已經發起抖來。

別慌！蘇，妳會找到他的，千萬別慌。

但是太遲了，我已經恐懼得不知如何是好。

艾迪絕不可能突然就這樣丟下我，自己跑去亂逛，他已經夠害怕的了。

既然如此，他會跑哪兒去呢？

我探頭到農舍裡，一陣酸臭味立刻撲鼻而來，只見裡頭有張粗糙的木頭桌子和一些木製工具，但是沒人。

於是我繞到農舍後面，看到山丘緩坡上有一片綠意盎然的牧場，四、五隻牛在山坡上低頭吃草。

我把手圈在嘴邊，叫喚著弟弟。

唯一的回應是牛隻徐緩的哞叫聲。

我帶著憂慮的心情轉身走回路上，心想我得從一棟棟農舍找起，以確定艾迪不至於走得太遠才對。

走沒幾步，我便來到下一棟農舍。

這時路邊出現一道人影擋住去路，害我嚇了一跳，隨即抬頭望向擋住去路的黑暗身影。

只見他黑色的斗篷在身後隨風飄飛著，還戴了一頂新黑帽，並從灰黑色的帽沿露出那張極度蒼白的臉。

我說過，該是我們走的時候了。
I said it was time for us to go.

24.

我向後退了一大步，想要逃離他的視線，下意識舉起手護著臉頰，驚懼的望著他，四周安靜得教人害怕。

「我說過，該是我們走的時候了。」他緩緩說著，逐漸靠近過來。

「艾……艾迪在哪裡？」我好不容易才擠出話來。「你知道艾迪跑去哪裡嗎？」

他蒼白臉上的兩片薄唇揚起一絲微笑。

「艾迪？」他竊笑道。

不知爲何，我的問題似乎讓他感到愉悅，他輕蔑的回答：「不用擔心艾迪。」

緊接著，他又靠過來一步，身影再次將我籠罩住，這讓我感到極度的恐懼，全身不由自主的發起抖來。

我四處張望著，只見剛剛在摘採蔬菜的女人已經躲回農舍裡，所有的人都不見了。

路上空無一人，只剩下幾隻雞和一條趴在稻草堆旁睡覺的獵犬。

「我……我不明白，」我吞吞吐吐的說，「你究竟是誰？為什麼要追趕我們？我們現在又在哪裡？」

我發狂似的拋出一連串問題，他卻不停的竊笑著。

「你應該認識我。」他輕聲回答。

「不！」我立刻抗議道，「我才不認識你咧！這到底發生了什麼事？」

「妳再怎麼問也無法改變自己的命運。」他說。

我狠狠的瞪著他，暗暗打量他的臉，想從中尋找答案。他卻低下頭，以黑色帽沿遮住眼睛，讓我無法看清楚。

「你犯了大錯——」我大叫道，「你抓錯人了！我根本不認識你，而且什麼都不知道。」

別想逃跑。
Do not think of running away.

這時他臉上的笑容消失了，搖搖頭，堅定的說：「現在就跟我走！」

「不！」我尖叫著說。「除非告訴我你是誰，還有告訴我弟弟在哪哩！」

他把斗篷撥到身後，再靠近我一步。每踏過來一步，他的靴子就深深的陷入泥濘中。

「我才不要跟你走！」我繼續尖叫著，手還重重的壓在臉頰上；由於雙腿實在抖得太厲害了，整個人差點就陷入泥濘之中。

我往四處查看，準備隨時拔腿就跑。但這雙不停發抖的腿還跑得動嗎？

「別想逃跑。」他彷彿能看穿我的思緒。

「但、但是……」我氣急敗壞的說。

「時間到了，妳馬上得跟我走。」他說。

他快速踱步向前，舉起戴著手套的雙手，抓住我的肩膀。

我連掙扎、掙脫的時間都沒有。

這時地面搖晃了起來，我聽到了吱嘎聲，以及很重的鞭打聲響。

原來是另一部牛車疾駛過來，駕駛正用一條長長的繩子抽打著公牛。

那部牛車移動得飛快，沿途不停發出動物的呻吟聲，還有輪子滑過地面的嘎嘎聲。

斗篷男只好鬆開抓住我的手，整個人跳開來，以便躲過朝這裡衝過來的牛車。

我看到他頭上的黑帽飛落下來，整個人陷進路邊車輪駛過所造成的凹槽裡，無法站穩腳步，搖搖晃晃的失去平衡。

這個時間點正是我所需要的。我迅速轉身往前奔跑，並盡量壓低身子，躲在疾駛的牛車旁。

突然我來個急轉彎，跑進兩間小農舍之間。

當我衝過農舍時，回頭瞥了斗篷男一眼——他正彎腰撿帽子，光禿禿的頭在陽光照耀下閃亮得像一顆蛋似的。

我氣喘如牛，胸口感到疼痛不已，血液直往腦門衝上來。

我一邊放低身子，一邊沿著農舍後面跑，綠色牧場就在我左手邊，我卻無處可躲。

這些農舍蓋得很靠近，我聽到小孩的哭聲，有個女人正在火爐旁加熱某種血紅色醬汁。當我奔跑著經過時，她想叫住我，但是我並沒有停下來回應。

兩隻瘦弱的黑色獵犬跑過來對著我狂吠。

「噓！」我大聲叫著，「噓！回去！」

一回過頭，我看到那個又高又黑的身影輕鬆跑過草地，身上的斗篷在身後飄飛著。

我知道他就快追上來了。

我一定要找個地方躲藏……

就是現在！

我低身從兩間木屋中間穿過，差點撞到一個手中抱著嬰兒、身材壯碩的紅髮女人。小嬰兒是用一條很厚的灰色毯子包裹住，女人驚嚇的緊緊將嬰兒抱在懷裡。

「拜託，讓我躲一下。」我幾乎沒氣的叫道。

「快離開這裡！」女人回答，她驚嚇的樣子似乎大過不友善。

「拜託！」我哀求著，「有人在追我……」我指向兩間農舍之間，我們同時看到斗篷男越跑越近。

「拜託！別讓他抓到我！」我繼續哀求道，「把我藏起來，把我藏起來！」

女人看著斗篷男，接著轉向我，聳聳寬肩說：「我沒辦法。」

25.

我像洩了氣的皮球一般，發出一聲長嘆。

我知道自己已經無法跑得更遠，也知道斗篷男將輕易的捉到我。

身穿黑色洋裝的女人把嬰兒抱得死緊，就這麼看著那個人往這邊跑過來。

「我……我會付妳錢！」我脫口而出。

我突然想起自己口袋裡的硬幣——那些計程車司機拒收的硬幣。

這個女人會接受這些硬幣嗎？

我把手伸進口袋，慌忙掏出那些硬幣來。

「就這些！」我大叫著，「拿去……全部拿去，只要妳能找個地方把我藏起來。拜託！」

我把硬幣塞進那女人沒抱嬰兒的手上。

她舉起手來，仔細端詳著硬幣，接著瞪大眼睛、嘴巴張開。

她也不接受那些硬幣，一定準備把硬幣丟掉，就跟計程車司機一樣。

但是——我錯了！

「金幣！」她低聲驚呼道。「金幣……我只有在小時候看過一次。」

「妳要它們嗎？願意把我藏起來嗎？」我繼續懇求道。

她把硬幣放在衣服裡，再把我推到農舍裡一個沒有門的通道後面。裡頭聞起來有股魚腥味，我看到空蕩蕩的壁爐，旁邊還放著三張嬰兒吊床。

「快，快躲進放火種的籃子裡，」女人指示我。「裡頭是空的。」

她慌張的推著我，把我推向一個附有蓋子的大稻草籃。

我的心臟怦怦直跳，伸手推開蓋子爬了進去；隨後蓋子落下，我陷入一片黑暗中。

我手抱著膝蓋，蜷曲著身體躲在粗糙的稻草籃底，努力要讓劇烈的心跳緩和下來，別繼續在胸口跳個不停。

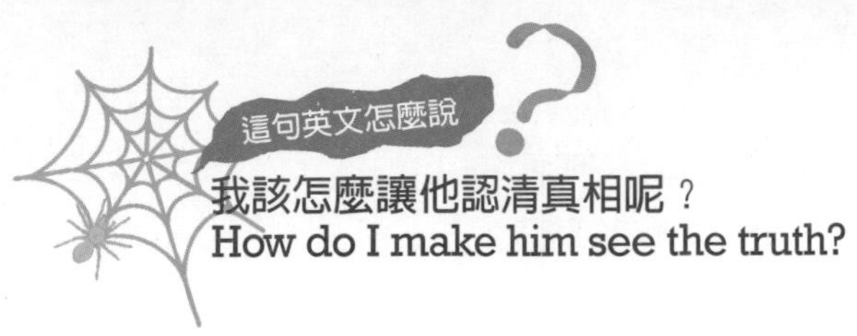

女人高興的拿了硬幣，似乎不認爲那些硬幣是玩具，如同計程車司機說的。

我由此得知那些硬幣一定很古老。

突然間，一陣刺骨寒氣讓我全身發抖，我終於知道爲何這一切看起來這麼不同、這麼古老了。

我們是眞的回到過去……回到了幾百年前的倫敦。

一定是斗篷男用那三顆白色石頭把我們帶到這裡的，他一定把我誤認作另一個人，才會一直追趕我。

我該怎麼讓他認清眞相呢？

我納悶道。

又該如何離開這個時空，回到屬於自己的時代？

我努力思考這些問題，並聆聽著。

這時我聽到農舍外面有聲音，是女人的說話聲；接著是斗篷男震耳欲聾的深沉嗓音。

我屏住氣息，好讓他們的說話聲蓋過我重重的心跳聲。

「她就在這裡面，大人……」女人說。

緊接著我聽見腳步聲越來越響、越來越近，直到他停在我躲藏的籃子旁邊。

「她在哪裡？」斗篷男質問道。

「我幫你把她放在這個籃子裡了，大人。」女人回應道，「她已經被困住，準備好讓您帶走了。」

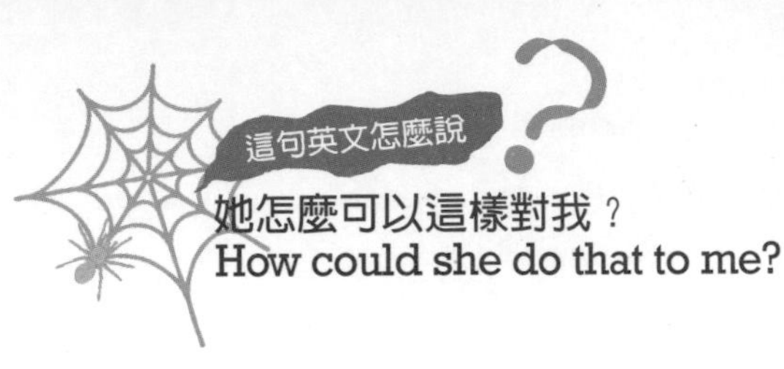

26.

我激動得心臟差點跳出喉嚨。在黑暗的籃子裡，我突然覺得憤怒不已。

那個女人拿了我的錢……我氣憤的想著。

居然還供出我的藏身處！她怎麼可以這樣對我？

我依然蜷伏在籃子裡，手抱著膝蓋，既生氣又害怕，整個身體變得麻木、僵硬，幾乎要攤在籃子底部。

於是我做了個深呼吸，勉強轉個身，想要推開稻草蓋。

然而蓋子一動也沒動，我不禁發出一聲絕望的嘆息。

莫非籃子被扣住了？或是斗篷男人正壓著蓋子？其實這都沒有差別了。反正我現在已被困住、完全無能爲力，成爲他的俘虜了。

這時籃子突然動了起來，我因此傾斜到籃子的角落裡，並感到籃子正滑過農舍的地面。

「嘿！」我大聲叫著，但聲音被悶在籃子裡。於是我彎身靠近籃子底部，心臟仍不停的跳著。「放我出去！」

這時籃子顛簸了一下，似乎滑得更快了。

「小姐、小姐，妳……」

當我抬起頭，聽到女人小聲的對我說話。

「我眞的很抱歉，希望妳能眞心的原諒我，我實在不敢違抗首席行刑官大人啊！」

「什麼？」我大喊，「妳剛說什麼？」

籃子這下滑行得更快，也顛簸得更加厲害了。

「妳說什麼？」我驚訝的重複道。

但是沒有回應，而且我再也沒聽到她的聲音了。

過了一陣子，我聽見馬的嘶叫聲，籃子跟著被舉起，我一下被拋到一邊，一

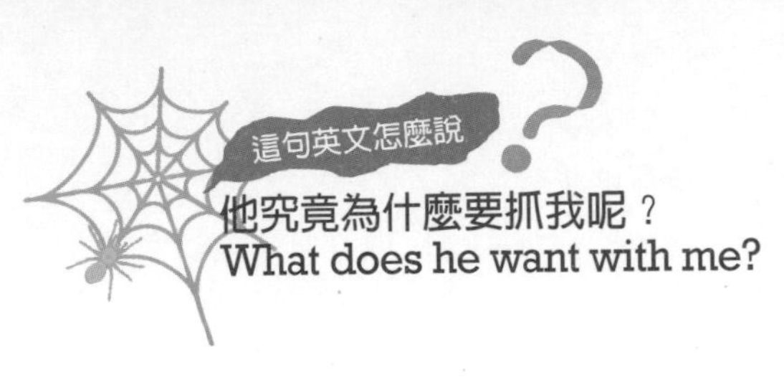

他究竟為什麼要抓我呢？ What does he want with me?

下文拋到另一邊。

不久，籃子跳動、搖晃著，我聽到規律的馬蹄踢踏聲響。

此刻我成了稻草籃裡無助的囚犯，正在一輛四輪或兩輪的馬車上。

首席行刑官大人？

剛剛那女人所說，戴著黑帽、身穿黑斗篷、始終藏在影子後面的，就是首席行刑官大人？

在這個狹小陰暗的牢籠裡，我不禁顫抖起來。我無法克制從背後竄升上來的寒意，全身頓時感到冰冷、麻木和刺痛。

首席行刑官大人……

這個頭銜一直在我心中回盪著，就好像一首令人驚恐的曲調。

首席行刑官大人……

他究竟爲什麼要抓我呢？

27.

馬車猛然停了下來，經過大概一分鐘之後，才又動了起來。

由於在籃子裡搖晃得很厲害，我已經完全失去時間概念了。

他準備把我帶到哪兒去？到底要做什麼呢？

不久，馬車又猛然停住，害我的頭撞到籃子前面，不由得發起抖，全身直冒冷汗。

籃子裡瀰漫著一股酸臭味，我拚命喘著氣，希望呼吸到一點新鮮空氣。

這時籃蓋突然飛散開，我發出一聲尖叫，刺眼的陽光讓我本能的抬手遮住眼睛。

「把她帶走！」行刑官發出震耳欲聾的聲音。

我被強壯的手臂粗魯架住，拉離稻草籃。當我的眼睛逐漸適應外面強烈的光線後，才發現自己是被兩名穿著灰色制服的士兵抬起來的。

接著他們將我放到地面上，但是我的腿已經麻痺，只能整個人癱坐在地。

「把她架起來！」行刑官命令兩名士兵。我藉著陽光想看他的臉，但他再度把臉隱藏在黑帽的陰影下。

兩名士兵蹲下來把我架了起來，我的兩條腿像睡著一般不聽使喚；也因爲剛剛在狹窄的籃子裡翻來滾去的，現在背部痛得要命。

「放我走！」我拚了命大叫。「你們爲什麼要這樣做？」

行刑官沒有回答。兩名士兵一直架著我，直到我能站穩。

「你犯了個可怕的錯誤，」我告訴他，顫抖的聲音隱含著憤怒及恐懼。「我不知道自己爲什麼在這裡，或怎麼來到這裡，但我不是你們要找的女孩，我不是你所認爲的那個人！」

他同樣沒有回答，只是舉起手做了個手勢，侍衛就抓住我的手臂，將我轉過身去。

當我背對行刑官與陽光時，那座黑暗城堡再度映入眼簾。我看到了城牆庭院，還有那黑暗細長、聳立在石造城堡後面的高塔。

恐怖塔……

他居然把我帶回恐怖塔！

這裡就是我和艾迪第一次看到他的地方，也是那個行刑官對我們展開追捕之處！

在二十世紀——在我的年代，在我所屬的那個時代，百年後的未來。

我和艾迪不知怎的被拉回過去，回到一個不屬於我們的時代。現在艾迪走失了，而我卻被帶回恐怖塔。

行刑官在前頭帶路，士兵則牢牢抓著我的手臂，一路拖著我走過庭院，來到城堡的入口。

庭院中擠滿安靜但面目可憎的人，他們衣衫襤褸且滿是髒污，一路看著我被推拉過去。

其中有人縮成一團站著，看起來活像個稻草人。他們眼神空洞、面無表情，

這句英文怎麼說

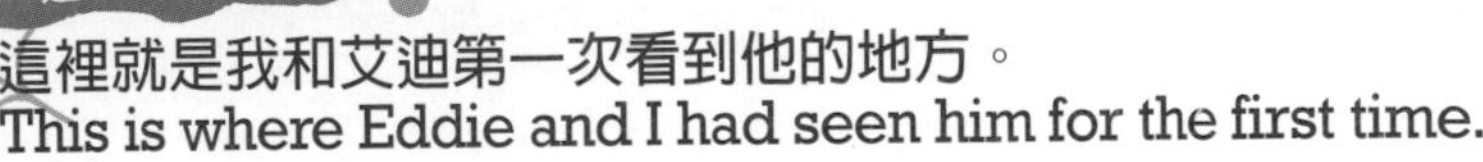

這裡就是我和艾迪第一次看到他的地方。
This is where Eddie and I had seen him for the first time.

宛如一個沒有靈魂的軀殼；有些人坐著啜泣，或是望著天空。

有個坐在樹下、上身赤裸的老人，發了狂似的用雙手搔弄他那油膩糾結的白髮；另一個年輕人則用骯髒的破布，壓住他沾滿泥土的腿上一道深深的傷口。

四周不斷傳來嬰兒的哭聲，男人、女人坐在泥地上，低聲對著自己嘀咕或發牢騷。

我終於意識到這些可悲、全身骯髒的人全都是囚犯。記得導遊史塔克斯先生曾告訴我們，這座城堡早期曾是軍事要塞，後來變成了監獄。

我哀傷的搖著頭，希望此刻能回到旅行團，回到未來，回到我所屬的時空。

不過我沒時間再去細想這些，因爲很快的，我被強拉進城堡的黑暗之中，步上蜿蜒的石階。

我一邊爬，一邊嗅到裡頭潮濕、寒冷的空氣，一股強烈的寒意似乎也跟著我們拾級而上。

「放我走！」我尖叫道，「拜託——放我走！」

當我努力想掙脫時，士兵把我硬推到石牆邊上。

我無助的叫喊，並再次掙扎著，但他們實在太高大、太強壯了。

石階就這樣一直蜿蜒著，經過狹窄平台上的牢房時，我瞥見牢房裡擠滿了囚犯。他們靜靜的站在鐵欄杆後面，臉色飢黃、面無表情，其中許多人甚至在我經過時，連看都沒看一眼。

接著我們爬上陡峭、濕滑的階梯，來到塔頂黑暗的門邊。

「不——求求你們，」我再度哀求著，「這一切都錯了——都錯了！」

但士兵們依舊拉開沉重的鐵製門栓，打開了門，猛力一推，害我跌坐在地，手肘和膝蓋碰到地面，爬著進入小小的塔頂房間。

接著我聽到重重的關門聲，還有拴上門栓的聲音。

反鎖了！我被反鎖在恐怖塔頂的小小牢房裡。

「蘇！」一個熟悉的聲音呼喚著我的名字。

我站起來，抬頭一看。

「艾迪！」我高興得大叫出聲。「你怎麼也在這裡？」

他原本坐在牆邊角落裡，此刻爬行著靠過來，幫助我站穩腳。

這一切都錯了！
This is all wrong!

「妳還好嗎？」他問。

我點點頭說：「你呢？」

「我想是吧……」他回道。艾迪一邊的臉頰沾上一道髒污，深色頭髮濕濕的糾結在前額。紅腫的眼眶中，透出一絲驚恐神色。

「穿斗篷的男人抓住我，」艾迪說，「就在城市的街道上，那台牛車經過時。」

我點點頭。

「當時我一轉身，你就不見了。」

「我想要叫妳，但是穿斗篷的男人摀住我的嘴巴，把我交給他的士兵，他們拉住我，躲在一間農舍後面。」

「這真是太可怕了！」我一面驚呼，一面強忍住眼中的淚水。

「其中一名士兵把我放到他的馬上，」艾迪繼續說，「我想要掙脫，但是沒辦法。之後他把我帶到城堡裡，拖到塔頂上。」

「那個穿斗篷的男人是首席行刑官，」我告訴弟弟，「我聽到一個女人這麼稱呼他。」

艾迪一聽，不由得倒吸一口氣，深色眼珠緊緊盯著我說：「行刑官？」

我一臉嚴肅的點點頭。

「可是他爲什麼要抓我們呢？」艾迪又問。「爲什麼他一直追趕我們？還把我們鎖在這座可怕的塔裡？」

我發出一聲嗚咽，結結巴巴的回答：「我……我也不知道。」

本來我準備告訴他其他的事情，但門外傳來一陣嘈雜聲，我只好暫時停住。

艾迪和我在牢房中央緊緊擁抱著。

我聽到門栓滑開的聲音，接著門緩緩的被打開來。

有人進來了。

28.

一個滿頭白髮的人走進牢房，他的頭髮又亂又長，糾結著留到肩膀下，還蓄著短短、尖尖的白鬍子。

他身穿一件拖到地上的紫色長袍，眼珠與他身上的袍子一樣是紫色的。他先瞇著眼看艾迪，然後將視線移到我身上。

「你們回來了。」他嚴肅的說，聲音悅耳且低沉，眼中閃現一絲哀傷神色。

「你是誰？」我大叫。「爲什麼要把我們反鎖在塔頂？」

「放我們出去！」艾迪尖聲要求道，「現在就讓我們離開這裡。」

白髮老人走近我們，身上的紫色長袍拖過地面；他只是感傷的搖搖頭，沒有回答。

囚犯的叫聲和呻吟聲從我們頭上那個小小的窗戶傳了過來，灰暗的夜光也從那扇窗子照射進來。

「你們不記得我了。」白髮老人溫和的說。

「當然不記得！」艾迪大叫，「我們又不屬於這裡。」

他看起來和善有禮貌，跟行刑官一點都不像。

但是，當他用紫色的眼睛盯著我看的時候，我還是感到一陣寒顫。我知道這個人一定很有權力，也很危險。

「快放我們走！」艾迪再次懇求道。

白髮老人做出手勢示意。「我希望自己有權力可以釋放你，艾德華……」他一臉溫和的說。「也希望我有權力能夠釋放妳，蘇珊娜。」

「等一下，」我舉起手示意他停止。「請稍等一下，我的名字是蘇，不是蘇珊娜。」

白髮老人失望的將手放進長袍口袋裡，接著說：「或許我應該先自我介紹。我叫魔葛雷，是國王的巫師。」

我希望自己有權力可以釋放你。
I wish it were in my power to release you.

「你會變魔術？」艾迪脫口而出。

「魔術？」白髮老人似乎對艾迪的問題感到有些困惑。

「是你命令屬下把我們關在這裡的嗎？」我問他。「你把我們帶來古代的嗎？你爲什麼要這麼做？」

「說來話長，蘇珊娜，」魔葛雷回答，「妳和艾德華必須相信……」

「別再叫我蘇珊娜了！」我大喊。

「我也不是艾德華！」我弟弟跟著抗議道。「我是艾迪，每個人都叫我艾迪。」

白髮老人從口袋裡伸出手來，一隻放在艾迪的肩上，另一隻則放在我的肩膀上。

「看來我必須揭開史上最大的驚喜了，」他告訴我們，「你們不是艾迪和蘇，而且你們並非生活在二十世紀。」

「嗯？你在說些什麼啊？」我再度大叫。

「其實你們是艾德華和蘇珊娜，」魔葛雷回答，「是約克王子和公主……現在你們被帶到恐怖塔，這是你們的叔叔——也就是國王下的命令。」

29.

「你搞錯了！」艾迪大叫。「我們知道自己是誰，你簡直錯得離譜！」

我突然全身發冷，魔葛雷的話一直在我耳邊回盪——「你們不是艾迪和蘇，其實你們是艾德華和蘇珊娜。」

我後退一步，掙脫他放在我肩上的手，仔細打量他的臉。

他是在開玩笑嗎？難不成他發瘋了？

但他的眼中顯露的盡是哀傷的神色，嚴肅的表情看起來完全不像在開玩笑。

「我不敢期望你們會相信我，」魔葛雷一邊說，一邊把手放回長袍口袋裡。

「但我說的是眞的，我還對你們下了一道咒語，想要幫你們逃脫。」

「逃脫？」我說，「你的意思是——從恐怖塔逃脫？」

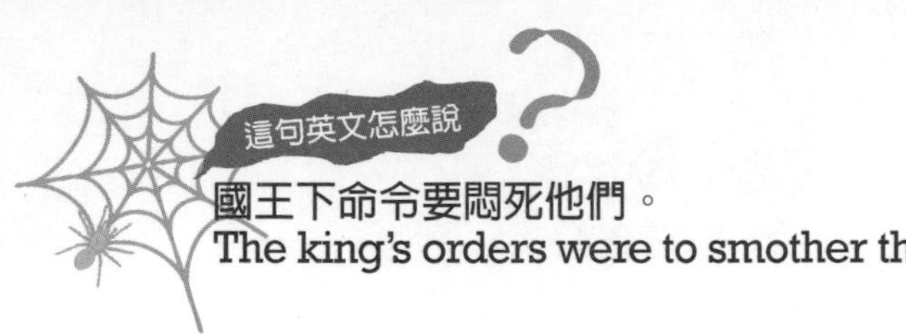

國王下命令要悶死他們。
The king's orders were to smother them.

魔葛雷點點頭。「我想幫助你們逃離宿命。」

正當他說話時，導遊史塔克斯先生的聲音又回到我的耳邊。我記得他說的故事——王子艾德華和公主蘇珊娜最後的遭遇。

國王下命令要悶死他們——用枕頭悶死他們！

「但我們不是他們啊！」我哀號著，「你真的搞錯了，也許艾迪和我只是長相類似……也許是真的很像，但我們不是王子、公主，只是活在二十世紀的兩個小孩而已。」

魔葛雷一臉嚴肅的搖搖頭。

「我下了個咒語，」他解釋著，「以消除你們的記憶。你們被關在塔裡，我希望幫助你們逃脫。一開始，我迅速且安全的將你們帶到寺院，盡可能把你們送到遙遠的未來。」

「這不是真的！」艾迪又尖聲抗議。「這不是真的……我是艾迪——不是艾德華，我的名字是艾迪！」

魔葛雷又做了個手勢。

「只有艾迪？」他維持低沉而溫和的聲音問：「你的全名是什麼呢？艾迪。」

「我……呃……」弟弟突然結結巴巴，說不出話來。

艾迪和我確實不知道自己姓什麼，而且我們也不記得住在哪裡。

「當我把你們送到遙遠的未來時，給了你們新的記憶。」魔葛雷繼續說：「我給予你們全新的記憶，好讓你們能夠在一個嶄新且陌生的時代裡存活，但是這個新記憶不夠完全。」

「這就是爲什麼我們記不起自己父母的原因了。」我大聲對艾迪說，接著又問：「那我們的父母呢？」

「你們的父母——合法的國王與王后已經死了。」魔葛雷告訴我們。「接著你們的叔叔任命自己爲王，是他下令將你們帶到恐怖塔，準備要除掉你們。」

「他、他……打算謀殺我們！」我結巴說道。

魔葛雷點點頭，並眨了眨眼。「是的，我想他正準備這麼做的。他的手下很快就會到了，現在我已經無法阻止他了。」

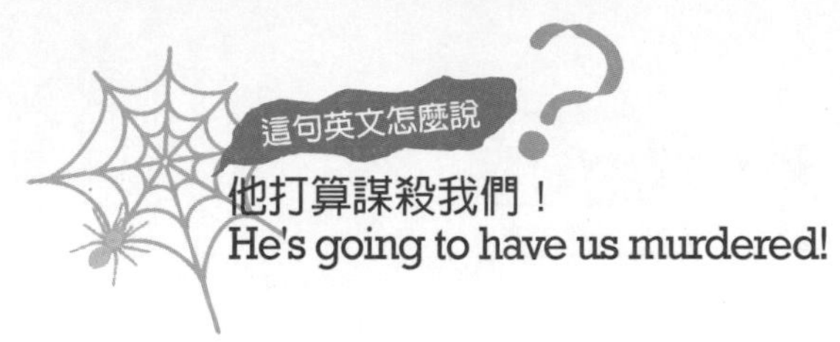

30.

「我無法相信這一切……」艾迪喃喃說著。「眞的無法相信。」

但是一看到魔葛雷紫色眼眸中露出的哀傷神色，聽著他低沉柔和的聲音，我知道這巫師說的是眞的。

冷酷無情的事實猶如當頭棒喝——弟弟和我並不是活在二十世紀的艾迪和蘇，我們眞的活在這個黑暗、危險的時代，是約克國的艾德華與蘇珊娜。

「我想送你們離開，離恐怖塔越遠越好……」魔葛雷再次解釋道，「於是我將你們送到未來展開新生活，並要你們在那裡好好生活，永遠不要回來，永遠別回來面對這城堡裡的最後審判。」

「但發生了什麼事呢？」我問。「爲什麼我們又回到這裡了？魔葛雷。」

「因為首席行刑官監視我，」魔葛雷壓低聲音說，「他一定知道我要幫助你們逃脫的事，所以……」

他說到這兒突然停住，把頭往門邊靠。

那是腳步聲嗎？有人在外面？

我們三個仔細傾聽著。

不一會兒，一切回復平靜。於是魔葛雷繼續低聲訴說故事。

「當我對你們下咒語、送你們到未來時，行刑官一定躲在附近。我用三顆白色石頭下咒不久，他偷走那三顆石頭，並對自己下咒，送自己到未來，好把你們捉回來。之後發生的事你們都知道了，他把你們捉回這個時代。」

魔葛雷往前走了一步，舉起手放在我的前額。他的手起初感覺很冷，之後越來越暖，直到我被拉離這團熾熱——我一後退，記憶便全部回來了。

我再次變回約克公主——蘇珊娜——我真正的身分。我記得自己的父母是國王和王后，而且在皇宮裡成長的一切記憶也全都回復了。

我弟弟生氣的瞪著魔葛雷。

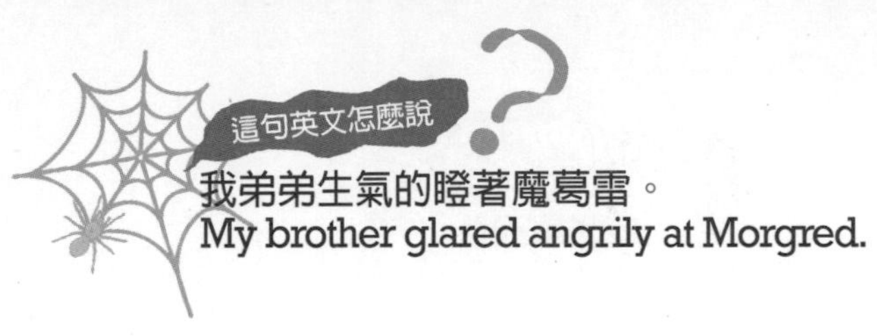

「你對我姊做了什麼？」他大叫著，並一直向後退，直到撞上石牆。

這時魔葛雷也把手放在弟弟的額頭上，我看著他臉部表情的轉變——他的記憶回復了，了解自己真的是王子。

「你是怎麼做到的？魔葛雷。」艾德華一邊問，一邊撥開額前的深色頭髮。「你是怎麼把蘇珊娜和我送到未來的？可以再下一次咒嗎？」

「對啊！」我也興奮的大叫。「你可以再對我們下一次咒嗎？你能在國王的手下到來之前，把我們送到未來嗎？」

魔葛雷悲傷的搖搖頭。

「唉，我實在沒辦法……」他自言自語道，「我手上沒有那三顆石頭，而且我告訴過你們，首席行刑官將它們偷走了。」

這時我弟弟臉上泛起一抹微笑，他把手伸進口袋裡。

「在這裡！」艾迪說，並眨眨眼對我示意。「當行刑官在城裡抓住我時，我把它們偷回來了。」

艾德華把三顆石頭交給魔葛雷，還自稱道：「全大不列顛最快的手！」

但是魔葛雷並沒有笑。

「其實那是個簡單的咒語。」他說，然後把三顆石頭拋到半空中，石頭發出光芒。

「我把三顆石頭疊起來，」魔葛雷解釋著，「等到石頭發出閃亮白色的熱氣，我再說出咒語——魔法輪羅法里斯魔法里斯，接著說出被下咒者要送去的年代。」

「這就是全部的咒語？」艾德華一邊問，一邊盯著魔葛雷手上那三顆圓滑、發出閃光的石頭。

魔葛雷點點頭說：「這就是咒語，艾德華王子。」

「那麼再做一次啊！請快一點！」我請求他。

但是他的表情卻變得更加哀傷了。

「我沒辦法……」悲傷使他的聲音變得沙啞。

他把三顆石頭放回長袍的口袋裡，發出一聲長嘆。

「能夠幫助你們兩個孩子，是我最感榮幸的……」他小聲說，「但如果我再

次幫助你們逃脫，那麼國王將會把我刑求、折磨至死，這樣我就不能用魔法來幫助約克王國的人們了。」

說著說著，眼淚自他的眼眶溢出，滑過他佈滿皺紋的臉頰。

他難過的看著弟弟和我，低聲說道：「我只希望你們有享受到在未來的那一段時光……」

「你……你眞的沒辦法幫我們？」我全身發抖，再次懇求道。

「我沒辦法。」他一邊回答，一邊低頭移開視線。

「就算是我們命令你？」艾德華問。

「是的，就算你們命令我，」魔葛雷充滿感情的重複艾德華的話。接著他緊緊抱住艾德華，再轉身過來抱住我，小聲說著：「我也無能爲力……我懇求你們的原諒，我眞的無能爲力。」

「那我們還能活多久？」我小聲而顫抖著問道。

「也許幾個小時吧。」魔葛雷回答時，刻意避開和我四目相對。他轉過身去，不忍心再面對我們。

此時，牢房裡充滿沉重的寂靜氣氛，灰暗的光線依舊自我們頭頂的窗戶照射下來，裡頭的空氣突然變得又濕又冷。

我無法停止顫抖。

這時艾德華跑過來對我耳語，讓我嚇了一跳。

「蘇珊娜，看！」他小聲且興奮的說。「魔葛雷進來後，門就一直是開著的。」

我轉身往門的方向看。

艾德華說的沒錯，那道沉重的木門現在幾乎呈現半開的狀態。

我們還有機會……

想到這兒，我的心臟不禁怦怦直跳。

我們還有一絲機會！

「艾德華，快跑！」我喊道。

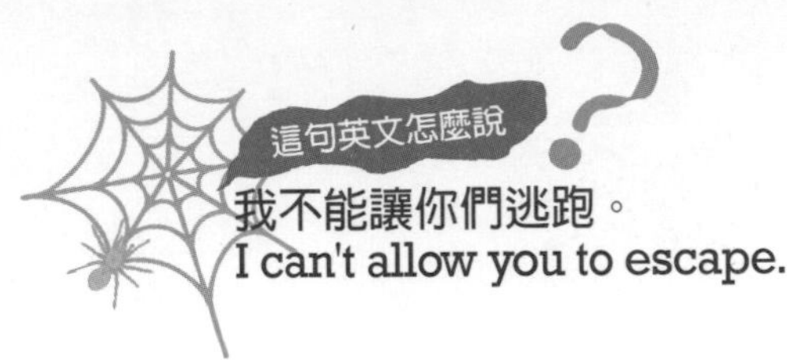

31.

正當我要拔腿就跑之際，卻僵在半空中。

我轉頭看見艾德華也同樣僵住了，他張開手臂、腳呈彎曲狀，定格在跑步的姿勢。我拚命想移動，但實在無能為力，感覺就像變成石頭一般。

過了幾秒鐘，我才恍然大悟魔葛雷又對我們下了咒語，讓我們牢牢定在房間中央，只能眼睜睜看著他往門口走去。

走到一半，他轉身過來看著我們。

「我眞的很抱歉，」他顫抖著聲音說，「但這次我不能讓你們逃跑，請務必了解我已經盡我所能，眞的……然而現在，我眞的無能為力了。」

眼淚再度滑落他的臉頰，流到白鬍子上；他再次以哀傷的眼神看了我們最後

一眼，便轉身走了出去，重重的把門關上。

就在門關上、外頭的門栓上鎖後，咒語馬上解除，艾德華和我又能動了。

我倒坐在地板上，突然間感到全身無力，極度疲倦。

艾德華則緊繃的站在我旁邊，眼睛看著地面。

「我們現在怎麼辦？」我問弟弟。「可憐的魔葛雷，他曾經幫過我們，現在也想再次幫助我們，但是已經無能爲力。如果……」

我停止說話，因爲我聽到門外傳來沉重的腳步聲。

我以爲是魔葛雷回來了，但接著我又聽到刻意壓低的聲音，聽起來絕對不只一個人。他們此刻就在門外，而且我聽出其中一個震耳欲聾的聲音──是首席行刑官！

我趕快爬著站起來，轉身對艾德華耳語道：「他們已經準備要帶我們走了。」

有東西藏在他的拳頭裡。
He had something hidden in his closed fist.

32.

出乎我意料之外的是，艾德華的表情出奇的鎮定。

他舉起手，有東西藏在他的拳頭裡。

當他打開緊握的拳頭，我一眼就認出是那三顆石頭——魔葛雷的三顆白色圓滑石頭，而且這三顆石頭正閃閃發光。

「艾德華，你又再一次……」我大叫。

他抿著嘴笑，深色眼珠閃爍著興奮的光彩。

「當魔葛雷抱住我的時候，我從他的袍子裡拿出來的。」

「那你還記得咒語嗎？」我問。

艾德華臉上的笑容突然消失了。

「我……我想應該記得。」

我聽到首席行刑官的靴子踏在石階上的聲音。

「艾德華，拜託你快點！」我催促他。

沉重的木門已經緩緩打開，緊接著，外頭傳來門栓滑動的聲音。

艾德華努力想將三顆發光的石頭一顆顆疊起來，但最上頭那顆卻一直滑下來。

最後，他終於把三顆小石頭堆疊起來，好比他手掌上有一座小塔似的。

這時，木門又多開了幾英吋。

艾德華把堆疊好的石頭高高舉起，並念出了咒語：「魔法輪羅法里斯魔法里斯！」

念完咒語，那三顆石頭突然爆炸，變成一道白色的閃光。

光芒很快的消失，我趕緊環顧四周。

「噢，艾德華……」我失望的哽咽道，「這行不通啊！我們還是在塔裡。」

在我弟弟因爲震驚還來不及回答前，門被打開了……

33.

他們全站在門外——是一個旅行團！

我不認識其中的導遊——她是個年輕女人，身穿一件紅黃相間的T恤和短裙，腳上則穿著黑絲襪。

我對著艾德華咧嘴笑著，感覺好興奮喔！

我想，我大概無法停止繼續偷笑。

「你辦到了，艾德華！」我大叫著，「你辦到了，你念的咒語真的有效。」

「請叫我艾迪，」他高興的笑著回答。「叫我艾迪好嗎？『蘇』。」

這個咒語下得太完美了，我們終於回到二十世紀的塔裡——以觀光客的身分！

「這間小小的牢房就是約克王子艾德華和公主蘇珊娜被關起來的地方，」導遊大聲介紹著，「他們在這裡被判處死刑，但是死刑卻一直沒有執行。」

「他們沒有死在這裡？」我問導遊。「後來發生了什麼事？」

導遊聳聳肩，嘴裡的口香糖嚼得更起勁。

「沒人知道。在他們即將被謀殺的那個夜晚，王子和公主憑空消失了，就這樣消失在空氣中，這是一樁至今無解的神祕事件。」

旅行團的成員低聲交頭接耳著。

每個人都盯著這小小的空間看。

「看看這堵厚重的石牆，」導遊一邊繼續說，一邊嚼著口香糖，「再看看在這麼高的地方的鐵窗，他們到底是怎麼逃脫的，我們將永遠無法知道。」

「我想我們知道這樁神祕事件的解答。」有個人突然在我耳邊說道。

艾迪和我轉過身，看到魔葛雷正張嘴對我們笑著。他眨了眨眼，我看到他穿著紫色的運動外套和深灰色的褲子。

「謝謝你們把我一起帶過來。」他高興的說。

謝謝你們把我一起帶過來。
Thanks for bringing me along.

「我們當然得把你帶過來，魔葛雷，」艾迪回道，「我們需要個家長。」

魔葛雷把一隻手指放在嘴上。「噓！別叫我魔葛雷，我現在是摩根先生，OK？」

「OK！」我說，「那麼我就是蘇．摩根，這位則是艾迪．摩根。」我拍了拍弟弟的背。

這時旅行團已經魚貫走出塔頂的牢房，我們跟在後面。艾迪從牛仔褲口袋裡拿出那三顆石頭把玩著。

「如果我沒有從你的袍子裡借走這些石頭，」他對摩根先生說，「那麼剛剛那位導遊就會說出一個完全不同的故事，對不對？」

「是的，你說對了，」巫師若有所思的回答，「那將會是個完全不同的故事。」

「我們快離開這裡吧！」我大叫著，「我再也不要看見這座塔了！」

「我快餓死了。」艾迪驚呼道。

這時，我發覺自己也餓壞了。

「要不要我下一道食物的咒語？」摩根先生提議。

艾迪和我不約而同發出好大一個哼聲。

「我想我被下的咒已經足夠用一生了，」我說，「不如我們去漢堡皇宮吃點二十世紀的傳統美味——漢堡和薯條！」

我做了個鬼臉。
I made a disgusted face.

倫敦跟我原本想像的一模一樣。
London was just as I had imagined it.

我們不會跟丟的。
We won't get lost.

真抱歉，我得宣布一個壞消息。
I am sorry to give you this bad news.

這位是古堡的理髮師。
This is the castle barber.

所有人都走在我們前面了。
The others are getting ahead of us.

我看到牆邊放了很多展示用的盒子。
I could see several display cases against the wall.

他為什麼那樣瞪著我們看？
Why is he staring at us like that?

我突然感到一陣寒顫。
I felt a stab of fear in my chest.

我沒辦法拿下來！
I can't get it off!

艾迪的臉色蒼白得像鬼一樣。
Eddie turned as white as a ghost.

他們大部分都被斬首了。
Most of them were beheaded.

王子和公主並沒有被關在這裡很久。
The prince and princess weren't up here for long.

我注意到牆上有黑色的記號。
Black markings on the wall caught my eye.

這就是王子和公主當時的感受嗎？
Is that how the prince and princess felt?

為什麼我們沒聽見他們離開的聲音？
Why didn't we hear them leave?

他一定是回來找我們的。
He must be coming back up to get us.

他擋住了整個通道口。
He blocks the entire stairway.

你知道我為何在此出現。
You know why I am here.

我們的機會來了！
This is our chance!

他為什麼這麼生氣？
Why is he so angry?

我們倆上氣不接下氣的出來後，趕緊把門關上。
Panting hard, we shoved the door shut behind us.

放棄所有的希望吧！
Abandon all hope!

我和艾迪僵立在房間中央。
Eddie and I froze in the middle of the floor.

你們準備好要跟我走了嗎？
Are you ready to come with me now?

這是個舊下水道。
It's an old sewer.

他為何說我們知道他要的是什麼？
Why did he say that we knew what he wanted?

我們倆緊緊抓住埋在下水道上緣的鐵條。
We grabbed on to the metal bars imbedded in the sewer roof.

我們趕快離開這個令人作嘔的下水道！
Let's get out of this disgusting sewer!

這一切看起來突然變得很不真實。
It all suddenly looked unreal.

我們怎麼回去飯店？
How are we going to get back to the hotel?

他說我們得跟他走。
He said we had to come with him.

我只想趕快回我們的飯店。
I just want to get back to our hotel.

你有沒有真的錢啊？
Do you have any real money?

那些錢出了什麼問題？
What was wrong with that money?

他們現在應該開完會了。
They must be out of that meeting by now.

沒有任何跡象顯示有人曾在這個房間。
No sign that anyone had even been in the room.

本飯店並沒有位在河川附近。
The hotel is not located near the river.

可以告訴我你們的房間號碼嗎？
May I ask your room number?

我們得保持冷靜。
We have to stay calm.

目前還沒供應餐點。
There is no menu right now.

我記不起爸媽的長相了！
I can't remember what mom and dad look like!

- 我們已經完全忘記他了！
We had forgotten all about him!
- 我們要怎麼離開這裡？
How do we get out of here?
- 你們真以為我不會追過來嗎？
Did you really think I wouldn't follow you?
- 我完全被搞糊塗了。
I was totally confused.
- 一道閃爍的橘色光線自黑暗中射出。
Flickering orange light broke the darkness.
- 我跟你一樣搞不清楚狀況。
I'm as confused as you are.
- 不要離開這座寺院。
Do not leave the abbey.
- 我才是被嚇到的人。
I'm the one who gets scared.
- 眼前出現的並非我們剛剛用過茶點的餐廳。
This was not the hotel restaurant we had our tea in.
- 他們的口音太奇怪了。
Their accents are too weird.
- 我很抱歉打斷你們的宴會。
I'm sorry to interrupt the party.
- 我們只是想離開這裡。
We just want to find the way out.
- 我伸出雙手用力的推。
I stuck out both hands and pushed hard.
- 我們好像回到了過去。
It's like we stepped back in time.

我還聽到附近有牛在哞哞叫。
I could hear cows mooing nearby.

你們有看到我弟弟跑去哪裡嗎？
Did you see where my brother went?

他怎麼可以就這樣跑掉，把我丟在這裡？
How could he run off and leave me here?

我說過，該是我們走的時候了。
I said it was time for us to go.

別想逃跑。
Do not think of running away.

我一定要找個地方躲藏。
I have to find a hiding place.

別讓他抓到我！
Don't let him catch me!

我該怎麼讓他認清真相呢？
How do I make him see the truth?

她怎麼可以這樣對我？
How could she do that to me?

他究竟為什麼要抓我呢？
What does he want with me?

把她帶走！
Remove her!

這裡就是我和艾迪第一次看到他的地方。
This is where Eddie and I had seen him for the first time.

這一切都錯了！
This is all wrong!

放我們出去！
Let us out!

我希望自己有權力可以釋放你。
I wish it were in my power to release you.

國王下命令要悶死他們。
The king's orders were to smother them.

他打算謀殺我們！
He's going to have us murdered!

我弟弟生氣的瞪著魔葛雷。
My brother glared angrily at Morgred.

這就是全部的咒語？
That's the whole spell?

我不能讓你們逃跑。
I can't allow you to escape.

有東西藏在他的拳頭裡。
He had something hidden in his closed fist.

我們還是在塔裡。
We're still in the Tower.

謝謝你們把我一起帶過來。
Thanks for bringing me along.

給你一身雞皮疙瘩！

怪獸必殺技
How To Kill A Monster

家裡……有怪獸！？

葛茜和弟弟克拉克壓根兒不想留在祖父母家中。
艾迪爺爺耳聾，而蘿絲奶奶又老愛烤東西，
加上兩位老人家還住在陰黑泥濘的沼澤深處。
情況好像不能再糟了，對吧？你錯啦！
因爲爺爺奶奶家樓上那個上了鎖的房間，
不時傳出怪異的吼叫聲，這裡一定有什麼問題！

許願請小心
Be Careful What You Wish For...

呵呵呵，天果然不從「人願」……

莎曼莎．伯勞是個笨手笨腳的女孩，總是意外不斷。
她是女籃隊的笑柄，而且在球場內外，
還有討厭惡毒的茱蒂斯令她難堪。
不過這一切隨著莎曼莎遇到一個能讓她許三個願的奇人，
而有了改變……但是莎曼莎萬萬沒想到，
她的生活從此陷入了夢魘之中……

每本定價 199 元

雞皮疙瘩系列 16

恐怖塔驚魂夜

原著書名——A Night In Terror Tower
原出版社——Scholastic Inc.
作　　者——R.L. 史坦恩（R.L.STINE）
譯　　者——均而
責任編輯——劉枚瑛、何若文
文字編輯——艾思

國家圖書館出版品預行編目（CIP）資料

恐怖塔驚魂夜 / R. L. 史坦恩 (R. L. Stine) 著；均而 譯．
-- 2 版．-- 臺北市：商周出版：家庭傳媒城邦分公司發行，
民 105.01 184 面；14.8 x 21 公分．--（雞皮疙瘩系列；16）
譯自：A Night In Terror Tower
ISBN 978-986-272-929-8（平裝）
874.59　　104013482

版　　權——翁靜如、吳亭儀
行銷業務——林彥伶、石一志
總 編 輯——何宜珍
總 經 理——彭之琬
發 行 人——何飛鵬
法律顧問——台英國際商務法律事務所 羅明通律師
出　　版——商周出版
臺北市中山區民生東路二段 141 號 9 樓
電話：(02) 2500-7008 傳真：(02) 2500-7759
E-mail：bwp.service @ cite.com.tw
發　　行——英屬蓋曼群島商家庭傳媒股份有限公司城邦分公司
臺北市中山區民生東路二段 141 號 2 樓
讀者服務專線：0800-020-299 24 小時傳真服務：(02)2517-0999
讀者服務信箱 E-mail：cs @ cite.com.tw
劃撥帳號——19833503 戶名：英屬蓋曼群島商家庭傳媒股份有限公司城邦分公司
訂購服務——書虫股份有限公司客服專線：(02)2500-7718；2500-7719
服務時間：週一至週五上午 09:30-12:00；下午 13:30-17:00
24 小時傳真專線：(02)2500-1990；2500-1991
劃撥帳號：19863813 戶名：書虫股份有限公司
E-mail：service@readingclub.com.tw
香港發行所——城邦（香港）出版集團有限公司
香港 灣仔 駱克道 193 號東超商業中心 1 樓
電話：(852) 2508-6231 傳真：(852) 2578-9337
馬新發行所——城邦（馬新）出版集團
Cité(M) Sdn. Bhd. 41, Jalan Radin Anum,
Bandar Baru Sri Petaling, 57000 Kuala Lumpur, Malaysia.
電話：(603)9057-8822 傳真：(603)9057-6622
商周出版部落格——http://bwp25007008.pixnet.net/blog
政院新聞局北市業字第 913 號

美術設計——王秀惠
印　　刷——卡樂彩色製版有限公司
經 銷 商——聯合發行股份有限公司 新北市 231 新店區寶橋路 235 巷 6 弄 6 號 2 樓
電話：(02)2917-8022 傳真：(02)2911-0053

■ 2005 年（民 94）04 月初版
■ 2021 年（民 110）01 月 12 日 2 版 2 刷
■ 定價 / 199 元

ISBN 978-986-272-929-8

Printed in Taiwan
城邦讀書花園
www.cite.com.tw

104 台北市民生東路二段 141 號 9 樓
城邦文化事業（股）有限公司
商周出版 收

請沿虛線對摺，謝謝！

書號：BG7056　　書名：**恐怖塔驚魂夜**　　編碼：

讀者回函卡

謝謝您購買我們出版的書籍！請費心填寫此回函卡，我們將不定期寄上城邦集團最新的出版訊息。

姓名：＿＿＿＿＿＿＿＿＿＿＿＿ 性別：□男 □女

生日：西元＿＿＿＿年＿＿＿＿月＿＿＿＿日

聯絡地址：＿＿＿＿＿＿＿＿＿＿＿＿

聯絡電話：＿＿＿＿＿＿＿＿傳真：＿＿＿＿＿＿＿＿

E-mail：＿＿＿＿＿＿＿＿＿＿＿＿

學歷：□1.小學 □2.國中 □3.高中 □4.大專 □5.研究所以上

職業：□1.學生 □2.軍公教 □3.服務 □4.金融 □5.製造 □6.資訊
□7.傳播 □8.自由業 □9.農漁牧 □10.家管 □11.退休 □12.其他
＿＿＿＿＿＿＿＿＿＿＿＿

您從何種方式得知本書消息？
□1.書店 □2.網路 □3.報紙 □4.雜誌 □5.廣播 □6.電視 □7.親友推薦
□8.其他＿＿＿＿＿＿＿＿＿＿＿＿

您在哪裡購買本書？
□1.金石堂（含金石堂網路書店） □2.誠品 □3.博客來 □4.何嘉仁
□5.其他＿＿＿＿＿＿＿＿＿＿＿＿

您喜歡閱讀的小說題材是？
□1.浪漫 □2.推理 □3.恐怖 □4.歷史 □5.科幻/奇幻 □6.冒險
□7.校園 □ 8.其他＿＿＿＿＿＿

您最喜歡的小說作家？
華人：＿＿＿＿＿＿＿＿ 國外：＿＿＿＿＿＿＿＿

最近看過最好看的小說是哪一本？
＿＿＿＿＿＿＿＿＿＿＿＿

Goosebumps®

Goosebumps®